天地方程式

封印黃泉神

3

富安陽子
五十嵐大介 繪
王蘊潔 譯

目錄

用青少年小說，閱讀生命中無可取代的「格外品」

文／基隆市銘傳國中閱讀推動教師林季儒

「格外品」源自於日文，本意是指規格外品（きかくがいひん），通常負面的指涉不符大眾規格、或是有損傷疤痕的商品。在「非我族類，其心必異」的從眾社會心理氛圍下，無論是蔬菜水果或是人情事物，絕大部分人都不歡迎不認同「格外品」——尤其是青少年——即便，那個「格外品」就是自己。

亞東醫院青少年健康中心指出：進入青春期之後，青少年的身體、心理以及社會化等各方面對於以後的發展都有著舉足輕重的影響，尤其在「自我認同」（personal identity）上的影響更不容忽視。在這個階段的青少年若是無法自我認同，就會發生角色混淆而失去對自我的控制力與安定感，進而造成認同危機（Identify Crisis），這和《天地方程式3：封印黃泉神》中的主角們所遇到的困境正好不謀而合！

隨著故事線的層層推展，年輕的讀者透過字裡行間跟著書中的主人翁映照成長的困境，學會悅納缺憾認同自我，學會一步步重新定義什麼是規格框架，進而省視什麼是自我的真正價值……這對於在成長中尋找人生定位的青少年是何其重要的事！

透過優質青少年小說中的人物借鑑，能肯定自我價值的孩子會知道自己不是「格外品」：在《天地方程式3：封印黃泉神》中有著絕佳記憶力的有禮害怕自己不同凡響，而選擇在每一回考試時故意答錯題只為了泯然眾人；力大無窮的春來擔心被同儕發現嘲弄，而選擇在每一次互動中小心翼翼的成為最不喜歡的自己；有著超強數學天賦而被當成怪咖的廄舍修、因為音樂資賦優異而被排擠的光流……書中的每個主角都身歷其境的帶著年輕讀者回觀自己的與眾不同，就像Q的姊姊說的：「上天賦予每個人的個性和能力都不同，需要時間慢慢了解個性和能力的使用方法。」孩子們從中感同身受的領悟到尺有所短、寸有所長的道理，更在字裡行間學會跳脫規格與框架，茁長那直觀真實自我的真正勇氣。

透過優質青少年小說中的人物借鑑，勇於直面自己的年輕讀者更會知道每個人其實都是獨一無二的「格外品」：在成長的星空中每一顆星子都有專屬的光芒，也正因如此，璀燦的夜幕才會如此永恆動人；在生命的地圖中，每一個座標都是無可取代的「格外品」，也正因如此，天地方程式才能精準的用圓的半徑和正方形的邊長面積解開面對天扉地砦的無助與恐懼。跟著故事軸線精采緊湊的推展與一層層數學、天文、科學的探祕推理，年輕讀者會發現不再迴避直面真正自我的主角們漸漸展現真實的力量：「開者」是殿舍修，「奏者」是光流，「見者」是皮可，「知者」是伊波……而到了最後仍不斷質疑自己的「唱者」有禮，居然才是解開一切真相的鑰匙！傷痛是成長的養分，只要願意正視自己的一切，有點損傷和疤痕又如何？傷痕能為蔬果帶來抗氧化酚讓蔬果更健康甜美，同樣的，挫折也能為年輕讀者磨礪堅定的腳步，讓前行之路更加雲闊天清！

「格外」，在教育部字典中的釋義是：「特別，超出普通範圍之外。」透過《天地方程式3：封印黃泉神》，孩子們會知道自己的與眾不同是別於凡響的「格外品」，面對生活中一切的跌跌撞撞將自有溫暖相照；透過《天地方程式3：封印黃泉神》，孩子們會知道他人的與眾不同是需要欣賞同理的「格外品」，面對成長中一切的人人事事自然能多元包容、溫柔以待。不知道該如何和孩子聊自我認同與人生定位嗎？將《天地方程式3：封印黃泉神》交給他吧！他將會看見藍天清朗與微風燦笑的生命視野，是如此的格外不同。

栗栖之丘學園

在栗栖台新城新成立的公立中小學九年一貫制學校，從小學一年級到相當於國中三年級的九年級，總共有七十一名學生。

書中主要角色

〔田代有禮〕

栗栖之丘學園的八年級學生，具有超強記憶力。雖然名字有禮應該發「a-li-no-li」的音，但他為了向稗田阿禮致敬，所以自稱是「a-le-i」。討厭變化的事物。

能力：超強記憶力

〔廄舍修〕

有禮的同班同學，綽號是Q。數學能力無人能出其右，但數學以外的能力極度欠缺。記性很差，一下子就會忘記別人的名字和過去發生的事。

能力：數學才能

〔岡倉光流〕

有禮的同班同學，有音樂方面的天賦，任何高難度樂曲都難不倒她。在音樂社團吹長笛，平時整天板著臉，和別人保持距離。

能力：音樂才能

〔大石春來〕

栗栖之丘學園的七年級生，具有驚人的腕力，但在被送去隱身所之前，完全沒有展現這項專長。平時說話嗲聲嗲氣，一聽到別人叫她「浩克」就會暴跳如雷。

能力：力大無窮

〔伊波甲大〕

有禮等八年級生的班導師。三十五歲的伊波老師體內，隱藏著連他自己也不知道的另一個人格——八歲的伊波。伊波是專業巫覡，知識很豐富。

能力：巫覡專業知能

〔正田昌彥〕

栗栖之丘學園的一年級生，綽號是皮可。似乎具有預知未來的能力，只不過本人並不清楚能力的使用方式，而且繪畫能力很差，畫出來的圖畫像是毫無意義的塗鴉。

能力：預見未來

〔猴子〕

靈長目猴科日本獼猴，能將天神的訊息變換成話語傳達給有禮等人。目中無人，表達自己的意見時，就會說刺耳的關西話。

能力：不用開口便能傳達訊息

最後，其妹伊邪那美命身自追來焉。爾千引石引塞其黃泉比良坂。其石置中，各對立而，度事戶之時，伊邪那美命言：「愛我那勢命，為如此者，汝國之人草，一日絞殺千頭。」爾伊邪那岐命詔：「愛我那邇妹命，汝為然者，吾一日立千五百產屋。」是以一日必千人死，一日必千五百人生也。

——《古事記》

1 天音

岡倉光流被盤繞的黑影大蛇吞噬了。田代有禮和廐舍修發現後，不知所措的愣在原地。

「有禮、Q！」

伊波大聲叫著。

「別管她了，被抓到就沒救了！你們趕快逃，要趁現在趕快找到破綻才行！」

但是有禮和Q仍然站在原地不動。他們不可能丟下光流不管，只顧自己逃出隱身所。

有禮從腳下撿起一塊跟拳頭差不多大的石頭，搖搖晃晃的走向樹林中的黑色漩渦。他舉起石頭，用力丟向盤繞成一團的黑影大蛇。

「笨蛋！你這樣做只是白費力氣！」

有禮聽到伊波氣急敗壞的大叫。

「他太大了，石頭根本沒辦法打敗他！別管光流了，趕快過來這裡！」

但是Q也走到有禮身旁撿起了石頭，然後把石頭丟向黑影大蛇。他丟的那塊石頭比有禮剛才丟的那塊更大。

這時——

黑影大蛇像是蒸騰的熱氣般，微微晃動了一下。

有禮和Q忍不住互看一眼。

「是不是有效？那就撿更多石頭丟他。」

Q迫不及待的說完，雙手各撿了一塊石頭。

「噓！」

有禮示意Q保持安靜，接著豎起了耳朵，他聽到盤繞的大蛇體內似乎傳出了某個聲音。

Q閉上嘴屏住呼吸，無聲的隱身所內有如死城般寂靜。但是，在鴉雀無聲的樹

1
天音

林中，不停搖晃的黑色影子深處，的確傳出了某種聲音。

「是歌聲……」

有禮瞪大眼睛說。

雖然隱隱約約的歌聲聽起來很微弱，但聲音的確穿過黑影悠揚的傳了出來。隨著歌聲越來越清晰，盤繞的黑影也逐漸搖晃、鬆動，大蛇的輪廓變得模糊起來。黑影大蛇的獨眼變得模糊不清，在不斷淡化的影子深處，出現了一個人影。

「是光流！」

Q大叫起來。

是光流在唱歌。有禮知道，那是天神的歌。

「光流！」

Q大聲呼叫，接著發現光流在那片宛如薄紗的黑影中抬起目光。

光流的歌聲晃動了最後殘留的黑影。在逐漸稀薄的黑影中，可以清楚看到光流的身影，而纏繞著她的黑影，也終於在搖晃之後飄散殆盡。

歌聲停止了。

光流無力的癱軟在地，有禮和Q立刻衝到她身旁。

「光流！」

「你沒事吧？」

有禮和Q把手搭在她肩上，關心的問道。光流靜靜的抬起頭。

「光流，你沒事吧？你剛才不是被黑影大蛇吃掉了嗎？幸好現在平安無事。」

Q興奮的說個不停。光流抬頭看著Q，接著又看向有禮，然後小聲的問：

「剛才是誰拿石頭丟我？」

「咦？」

有禮和Q無言的面面相覷。

他們剛才丟出去的石頭，穿過影子打中了站在影子內的光流。看到有禮和Q尷尬的陷入沉默，光流把視線從他們身上移開，搖搖晃晃的想要站起來。

「呃，好不舒服，我快吐了……」

光流在有禮他們的攙扶下勉強站起來時，身後傳來了伊波的聲音。

「是天音嗎？」

回頭一看，才發現伊波不知道什麼時候走了過來，他用雙眼仔細的打量光流。

「光流可以演奏出天音？」

「你說什麼？」

光流反問的語氣好像在生氣，但伊波轉身邁開步伐，並沒有理會光流的問題。

「之後再詳細說明，我們現在要趕快離開這裡，黃泉軍很快就會復活了。天音的力量似乎讓黃泉神產生了混亂，但他們很快就會捲土重來，再次向我們進攻，所以我們要趕快找到破綻。」

有禮和Q分別從兩側扶著走路還有點搖晃的光流，跟在伊波身後前進。

光流為什麼會在黑影中唱那首歌？

有禮在內心嘀咕，Q直接就開口向光流詢問。

「我問你，你為什麼會唱歌？那就是你之前說過的天神的旋律嗎？」

「對。」

光流點頭時身體微微搖晃了一下，於是有禮也稍微用力的握住光流的手臂。

光流並沒有看向有禮和Q，她在兩人的攙扶下快步走向露營區，而且視線一直盯著地面。

光流的手肘剛好頂到有禮的胸口，每當光流向前走一步，手肘就會輕輕碰到有禮的胸口，讓人感受到隱隱約約的溫暖。

光流情不自禁的說了起來。

「被大蛇吞噬之後，我的身體變得像冰一樣冷，心臟好像快爆炸了，根本無法呼吸。我好害怕，覺得這下子要完蛋的時候，腦中就響起了旋律。那個旋律，和我們上次在學校停車場差點被獨眼影子拉出車外時聽到的一樣。聽到那個旋律之後，我整個人像是從黑暗的水底浮了上來，呼吸也稍微順暢了一點，所以我才會開口唱歌，而且我今天沒帶長笛，只能大聲唱出那個旋律。原本黑影的力量幾乎要把我壓扁了，沒想到在我唱歌之後，感覺慢慢鬆開了……」

Q在光流的另一側看著有禮說：

「雖然我搞不清楚是什麼狀況，但他們好像很討厭那首歌對吧？既然這樣，那就一直唱下去啊，只要光流唱這首歌，他們就沒辦法向我們出手了吧？」

「沒辦法，我現在已經聽不到了。」

走在他們中間的光流說。

「我只是唱出聽到的旋律而已，如果聽不到那個旋律，我就只能唱出開頭的一小段。那首歌很長，而且沒有固定的模式，既沒有主旋律也沒有副歌。這種沒有主題、沒有展開，甚至連拍子也沒有的曲子，不過就是零碎的音符組合在一起罷了，根本就記不起來，不管聽幾次都一樣。」

比他們三人搶先一步走到露營區入口的伊波停下了腳步，回頭催促他們：

「快一點！你們看，他們又慢慢恢復原狀了。」

有禮他們終於來到露營區，驚訝的回頭一看。

光流的手肘用力頂著有禮的胸口。

剛才散開的黑影再次聚集，從林中的樹木間不斷湧現，並且開始盤繞起來。

有禮發現光流用力頂著自己身體的手肘在微微發抖。

「快！」

伊波大叫著，跑向太陽廣場的中央。

「再不快點找到破綻，他們就要攻過來了！」

有禮、Q和光流聽到伊波的話，立刻跑向廣場正中央，然後四處張望尋找破綻。

原本的圓形廣場，現在有一半以上被白色濃霧籠罩完全看不見了，不過另一半的圓形廣場對面，散落著五個露營區。

露營區周圍是稀疏的樹木，樹木的枝葉都很茂盛。

有禮尋找著剛才差點就要發現的破綻，努力比對記憶中的資料和隱身所內的景象，有個細微落差吸引了他的注意。

他覺得樹木和露營區的相對位置，和實際的景象有微妙的差異。

有禮忍不住瞪大了眼睛。

露營區營地的間隔比記憶中的更短，太陽廣場周圍總共有十個搭帳篷的營地，目前看到的廣場前側原本只有四個營地而已。

「多了一個營地……廣場這一側應該只有四個營地。」

因為多了一個營地，所以營地間的距離變短，和樹木間的距離也跟原來不一樣了。

「什麼？營地是什麼？」

Q著急的詢問，有禮指著露營區說：

「就是搭帳篷的位置，這裡多了一個！」

聽了有禮的說明，Q立刻理解了意思，打量著五個搭帳篷的位置。

「是哪一個？破綻中的破綻在哪裡？」

「看營地的編號！」

有禮靈機一動的大叫，然後立刻跑去離他最近的營地，尋找應該寫在某處的編號。「找到了！」站在最左側營地前的伊波叫了起來。

「營地旁的木樁上有一塊寫了數字的牌子，這個營地是『6』！」

「啊？6？是個位數嗎？」

站在伊波隔壁營地前的Q，偏著頭看木樁上的數字說：

「我這裡寫的是『28』。」

「這裡的是『496』！」

有禮也探頭看豎立在營地木樁上的牌子回答。

「啊？6、28、496……」

Q在努力思考的同時小聲嘀咕著。

「快點！」

伊波大喊。

「那傢伙來了！」

黑影大蛇從樹林深處現身，頭頂上那顆渾圓的眼珠子閃閃發亮。大蛇的頭在盤繞的身體上高高抬起，好像隨時準備撲向有禮他們。

有禮急忙跑去確認旁邊營地的編號。

「這裡是『53589』！」

「『8128』！」

接著，光流大聲說出最右端第五個營地木樁上的編號。

「來不及了！」

伊波大叫著。

「大家動作快，我們要衝進濃霧裡！」

「什麼？」

光流原本盯著木樁的雙眼，突然驚訝的看向伊波。

有禮回頭看向樹林深處，發現大蛇原本盤繞起來的身體鬆開了，變成一片黑霧從樹林的地面蔓延過來。伊波大叫：

「快點，你們快過來，大家手拉著手！」

「但是，我們這麼做……」

光流的話還沒說完，伊波就尖聲大叫打斷了她。

「廢話少說，照我說的去做！趕快、趕快、趕快！」

有禮他們被伊波的氣勢嚇到，紛紛朝他跑過去。伊波一把抓住有禮和Q的手。

「有禮，你抓住光流的手，我們要進去嘍！在濃霧裡慢慢數到十，知道了嗎？大家都不要鬆手，數到十之後就出來，因為沒辦法在裡面撐太久。」

黑影大蛇已經穿越樹木，來到太陽廣場的入口。

「走嘍！」

伊波再度大叫一聲，用力握住了有禮的手，有禮也用力握緊光流的手。

「一、二……」

伊波吆喝著。

「真是夠了……」

光流小聲的嘀咕。

「啊！我可能知道了！」Q這麼大叫時，伊波喊出「三！」然後衝進了眼前的濃霧。

有禮、Q和光流也一起被拉進濃霧中。

視野盡是一片雪白——

轉眼間，聲音消失了，眼前一片白茫茫，分不清哪裡是天哪裡是地，也不知道哪裡是前哪裡是後，完全失去了方向。

同時，恐懼也滲進了身體，令人渾身發麻。

伊波剛才說在濃霧中數到十就出去。

「一……」

有禮出聲數了起來，試圖擺脫鑽進體內的恐懼。但是聲音一脫口而出，便立刻被白色的濃霧吸收，隨即消失了。他聽不到自己的聲音，在無聲的白色世界裡，心臟劇烈的跳動著。

「二……」

他聽不到身旁伊波的聲音，也感覺不到Q和光流的動靜，簡直就像是獨自闖入一片空白的世界。身體變得越來越冷，冷汗順著後背不停的流下來。

「三……」

有禮感覺地面崩塌，自己墜入了一個無底深淵。

「四……」

這裡是哪裡？

有禮突然這麼想著。

我在做什麼？

意識也像被塗上了一層白色，恐懼從四面八方擠過來。

「五……」

無法呼吸，好像有針在戳刺心臟般疼痛不已。

六……

他已經無法發出聲音。

這裡是哪裡？

是哪裡？是哪裡？是哪裡？

思考在腦海中產生了回音，頭蓋骨好像快碎裂了。

七……

白茫茫的世界幾乎快把有禮壓垮，恐懼在血管中奔竄。

八……

不行了，無法呼吸，心臟好像快炸開了。如果放棄意識，也許會比較輕鬆。雙腿無法承受自己的體重，不停的發抖。

九……

有個東西用力抓住了有禮的手。

是伊波。

差點被白色恐懼吞噬的意識被拉了回來，折磨全身的疼痛和恐懼也一起回來了。

劇痛鑽向全身，有禮用另一隻手用力握住光流的手，光流也回握了有禮的手。

1
天音

有禮用疼痛的肺部用力呼吸，數了最後一個數字。

「十……」

伊波的手用力拉著有禮，有禮的手拉著光流。

四個人從濃霧中撲向太陽廣場的地面，倒在地上。

有禮坐在地上，環視著自己周圍。

Q、光流和伊波也癱坐在地，大家的身體都受到了嚴重的傷害。

伊波蹲在地上流著眼淚，肩膀上下起伏著用力呼吸。Q趴在地上喘息，光流則是張著嘴急促的呼吸，一臉茫然的坐在那裡。

有禮發現自己仍然握著光流的手，於是他悄悄放開。

環視廣場周圍，黑影大蛇已不見蹤影。

「喔，大蛇……不、不見了。」

有禮試著開口說話，卻發現自己還在發抖，他忍不住為此感到丟臉。他的衣服被汗水浸溼，心臟仍然劇烈跳動，腦袋也在嗡嗡發痛。

「那傢伙……因為我們躲進霧裡，所以找不到我們。」

伊波流著眼淚，哈哈大笑著說。

「那些傢伙的組成成分和濃霧一樣，因為我們躲進霧裡，他們看不到我們就陷入了混亂，以為我們不見了。現在他們一定驚慌失措的在隱身所裡到處找我們。」

伊波說完，再度心神不寧的四處張望，然後補上一句話。

「不過他們應該很快就會回來……」

目光呆滯、滿臉茫然的光流突然情緒爆炸了。

「真是夠了！我受夠這一切了！一下子被蛇吃掉，一下子又被追著跑！」

「交給我吧。」

Q毅然決然的抬頭這麼說。他說這句話時仍然趴在地上，所以感覺不怎麼可靠。

「我已經發現破綻中的破綻了。」

「哪一個？是哪一個營地？」

有禮馬上追問。

有禮想起在衝進濃霧前，Q有說「我可能知道了」這句話。

Q從趴著的姿勢搖搖晃晃的站了起來。

「這裡，你們看，就是這個。從右邊數來第二個營地的編號，５３５８９這個編號有問題。其他的編號都是完全數，所有真因數的和就是那個數字本身。無論是６、28、４９６、８１２８都是完全數，只有５３５８９不是。到目前為止，只發現了偶數的完全數……」

「不用說明啦。」有禮打斷他。

「真是夠了！」光流再度情緒失控的說：「大家都在說一些聽不懂的話！」

「先別管這些，我們要趕快離開這裡。」

沒有人反對伊波的意見。

有禮、Q、光流和伊波都已經精疲力竭，但還是步履蹣跚的走到從右邊數來第二個營地。

四人分別站在用木條圍起來的長方形營地四周。

「我們趕快回去吧。」Q說完後，四個人互相交換了眼神。

「一、二……」

當Q開始數數時，光流突然看向營地旁的木樁根部。

「啊，這個……是小春的手提袋。」

有禮看到光流彎下腰，把手伸向木椿根部。

「不要碰！」

伊波大叫的聲音和Q的口令重疊在一起。

「三！」

有禮他們聽到Q的口令後，像是被人從後面推了一把似的，分別從四個方向踏進營地。

頓時，四周的空氣扭動了一下。

2 入侵者

頭頂上是一片湛藍的天空。

回來了。有禮這麼想著，坐在旁邊的木條上，有點恍惚的看著眼前發生的事。光流的手上拿著用牛仔布做的手提袋。

「笨蛋，給我！」

伊波氣勢洶洶的從光流手上搶走手提袋，跑去太陽廣場的正中央。

「他是……什麼意思嘛！」

光流可能沒有力氣追上去，所以只是站在原地茫然的嘀咕著。伊波搶走手提袋時，有禮看到了上面繡著的姓名縮寫。

H．O。那是他們之前在體育館後方被送去隱身所時，大石春來遺落在那個世界的手提袋。

伊波把手提袋丟進太陽廣場正中央已經熄滅的營火中，從上衣口袋裡拿出某個東西灑在手提袋上。

「他把什麼東西灑在上面？他在幹麼？」

Q癱坐在有禮對面的木條上偏著頭問。

從這裡看不到伊波把什麼東西灑在上面，看起來像是白色的沙子。伊波對著手提袋唸唸有詞，但有禮他們當然也聽不到他在說什麼。

接著，伊波從口袋裡拿出像是遠足小冊子的紙，用打火機點燃紙張，彎腰靠向熄滅的營火。他似乎打算讓紙燒起來，引燃那個手提袋。

「啊……」

光流輕聲叫了起來。

紙上的火引燃了還沒燒完的木炭或木柴，冒出了小小的火焰，包圍了春來的手提袋。

「小春的手提袋……」

光流不知所措的嘀咕著，Q聽了之後，瞪大眼睛看著燒起來的手提袋。

「什麼？伊波燒了浩克的手提袋嗎？真是不知死活的傢伙，小心會被浩克打爆。」

有禮懶得開口，一動也不動的看著春來的手提袋漸漸被燒成灰燼。焦味隨風吹到了露營區，光流也坐在一根木條上休息，大家都累壞了。

在手提袋燒成灰燼後，伊波又用力踩了幾腳，才終於費力的喘著氣走回有禮他們身邊。

「我剛才不是叫你不要碰嗎？」

伊波瞪著光流，一屁股坐在營地旁。

「都叫你不要碰了，你竟然還帶回來。」

聽到伊波的責備，光流尖聲反問：

「你為什麼把它燒掉？那是小春……那是七年級大石同學的手提袋。」

「就是這樣我才討厭外行人……」

伊波小聲嘀咕著，然後故意用力嘆著氣說：

「真不知道你在想什麼，竟然把掉在隱身所裡的東西帶回來……這樣當然不行啊，那裡所有的東西，包括一片垃圾、一塊石頭都不能帶回現實世界，懂了嗎？」

伊波用嚴厲的語氣說道，然後又用銳利的眼神瞪著有禮、Q和光流。

「為什麼？」

Q問。

「你們太缺乏危機意識了，真讓人受不了。」

伊波一臉不耐煩的說。

「我們面對的是比凶惡病原體更惡質的對象，包住隱身所的黃泉繭雖然是保護黃泉神的屏障，但對我們來說，也是安全的隔離網。我這樣說你們懂了嗎？怎麼可以把那裡的東西帶來這裡？難道你們沒有想到，這樣等於是把黃泉神帶來這個世界嗎？」

聽到伊波這番可怕的話，有禮等人忍不住倒吸一口氣，無言的互相看著彼此。

「但是……」

光流開口說。

「在黃泉繭破裂之前，黃泉神不是沒辦法來這裡嗎？」

「是沒辦法靠自己的力量來這裡，」伊波語帶諷刺的看著光流說：「除非有哪個笨蛋把他們帶來這裡。」

光流沉默不語，有禮代替她開口問：

「你的意思是，黃泉神躲在那個手提袋裡嗎？」

伊波瞪了有禮一眼說：

「那些傢伙可以躲在任何地方。我不是說了嗎？我們只有在隱身所內才能看到他們的樣子，他們一旦來到現實世界我們就看不到了，所以他們可以藏在任何地方。更何況你們不覺得奇怪嗎？」

伊波停頓了一下，再度注視有禮。

「為什麼大石春來的手提袋會掉在隱身所內？」

「因為之前逃離隱身所時，她把手提袋掉在那裡……」

Q小聲的插嘴回答，伊波臉上第一次露出了驚訝的表情。

「啊？逃離隱身所……大石春來嗎？她曾被送去隱身所嗎？所以她也是巫覡？」

伊波的腦袋歪成直角，看起來就像是貓頭鷹或蚯蚓。

「為什麼？她有什麼特殊本領嗎？我以為她只是個傻妹……」

有禮、Q和光流面面相覷，不知道該不該把春來的能力告訴伊波。最後，Q開口對伊波說：

「她力大無比，就像綠巨人浩克……」

「你說什麼！真的假的？」

伊波情緒激動的說。

「喔……太猛了！力大無比喔，原來春來也是這次計畫的成員之一？我完全不知道，真是人不可貌相。」

大叔，你哪有資格說別人。

有禮忍不住在心裡吐槽。

光流心神不寧的轉過身，注視著剛才燃燒手提袋的廣場正中央，喃喃自語的發問：

「黃泉神真的躲在那個手提袋裡嗎？我把他們帶來這個世界了嗎？」

有禮也覺得春來的手提袋出現在那裡很奇怪。春來上次是在隱身所的栗栖之丘學園停車場弄掉手提袋的，那個手提袋不可能自己在隱身所內移動，跑到這次破綻出現的露營區。可能是某個人或某種力量把手提袋放在那裡……那絕對也是黃泉神的圈套。

有禮感到不寒而慄。

伊波再次重重嘆了一口氣說：

「總之，大家要更加小心謹慎。我去隱身所之後發現，這次的隱身所規模很龐大，要是黃泉繭破裂肯定會帶來巨大的災難，後果真的不堪設想。」

有禮、Q和光流默默的看著彼此，每個人的臉色都有點蒼白。

「如果黃泉神來這裡會怎麼樣？」

有禮鼓起勇氣問伊波。

伊波回答：

「不至於發生像黃泉繭破裂時，有大量黃泉神湧入現實世界的情況，因為我剛才已經立刻淨化那個手提袋，而且點火燒掉了。即使有漏網的黃泉神，數量也不會太多。他們對陽光的承受力還不夠，在繭外無法增殖，只要數量不多，就不至於引起重大災難。」

「淨化？你剛才採取了什麼行動？」

Q插嘴問道。伊波從上衣口袋裡拿出某個東西，遞到有禮他們面前。

那是折起的懷紙[1]。伊波抓著邊角甩了幾下，裡面發出了沙沙的聲響。

「是米粒。」伊波笑著說。

「米粒？」

Q瞪大了眼睛，注視著裝了米粒的懷紙繼續問伊波：

「你剛才是在灑這個嗎？把米粒灑在手提袋上？」

「米粒和鹽一樣有淨化作用，具有驅除妖魔和邪氣的力量，所以我都會隨身攜帶。這是專業巫覡的必備工具。」

有禮、Q和光流聽了伊波的話，有點受不了的互看彼此一眼。

這次換有禮發問。

「你在灑米的時候嘴裡還唸唸有詞，那是在幹麼？」

「你是問稻荷祭文嗎？」

聽到伊波的反問，有禮只能再度詢問：

「稻荷祭文是什麼？」

伊波不耐煩的聳了聳肩說：

「說了你們也不懂，反正就是代代相傳的咒語，祭文也有淨化的作用。」

光流再次向伊波確認。

「所以已經沒問題了嗎？即使黃泉神躲在那個手提袋裡，也已經被淨化、燒掉了，不會帶來災難了嗎？」

「我並沒有說沒問題。」伊波促狹的說完，看著光流繼續說：「我剛才不是說了嗎？即使有黃泉神被帶來這裡，數量也很少。我不知道有多少黃泉神躲在那個袋子裡，更不知道是不是全都淨化、燒掉了，只不過剩下的數量肯定不多。可是這並不代表沒問題了，即使無法引發重大災難，還是會帶來預兆。」

1 和紙的一種，現今多用於茶會上盛裝和菓子。

「預兆？」

伊波對提問的光流點了點頭，繼續說下去：

「也可以說是巨大災難發生前的前兆，就是大災難前的小災難。雖然不至於造成太大的災害，但會連續發生許多小災難，成為接下來那場大災難的誘因。可能是樹木花草枯萎，池塘、河流和海洋中的魚群大量死亡，也有可能是某個地區集中出現打雷或暴風，或是發生紅潮或昆蟲行動異常的情況。最棘手的是，一旦這裡的世界發生預兆，就會和黃泉繭內的隱身所產生呼應，導致破繭的時間提早，提前引發大規模的災難。」

「破繭的時間……有固定的時間嗎？」

聽了有禮的問題，伊波點頭回答：

「對，從黃泉繭產生到破裂，通常都會經過相同的成長階段。初期的黃泉繭形狀不固定，但它會逐漸進階，像天體一樣膨脹。被黃泉繭包覆的隱身所地面會慢慢接近圓形，當它變成正圓形的時候——」

伊波突然大聲拍手，讓有禮嚇了一跳。

「砰！」

伊波像是覺得很有趣似的，發出物體破裂的聲音，然後看著有禮他們。

「繭就會破裂。我今天進去那個隱身所後確認了一下界限，發現已經很接近圓形了。而且我們不是完全沒有看到土蜘蛛嗎？當黃泉繭擴大到某種程度之後，土蜘蛛就會從隱身所內消失。我猜牠們應該是不想被捲入繭破裂的情況，因為土蜘蛛比我們更脆弱、更不堪一擊。」

「你的意思是，繭很快就會破裂嗎？」

伊波看著問這個問題的光流，思考了一下之後回答：

「不，不會發生在這一、兩天。雖然我剛才說已經很接近圓形，但還需要一點時間才會變成正圓形，所以我猜大概還要三個星期才會破裂。」

「三個星期？」

Q驚訝的大叫。

「咦？什麼？啊！再過二十一天就會發生大規模的災難嗎？如果不在這之前阻止，就會發生可怕的事嗎？怎麼辦？現在該怎麼辦？要不要闖進隱身所拚命灑鹽或米粒，然後把它放火燒了？」

伊波發出一個超級大的嘆息，並且在嘆息的同時咕噥：「所以才說我討厭外行人……」

「你們聽好了，」伊波就像在上課一樣環視有禮他們，然後緩緩開口說：「我剛才試圖用淨化的米粒、祭文和火消滅他們，是因為他們的數量很少，而且這裡是我們的地盤。人類創造的咒語、祈禱基本上只能在這個世界發揮作用，淨化的鹽、米粒、火焰和任何祭文，再進一步說，加持、祈禱、聖水、十字架和大蒜，都只能在這個世界發揮作用。即使想把這些功效帶進黃泉繭內，也根本帶不進去。一旦進入了黃泉繭，這個世界的所有咒語、祈禱都對他們無效。你們回想一下，我們雖然能把黃泉軍打散，卻沒有辦法消滅他們，他們很快就能重生並且恢復原來的樣子對吧？」

有禮發現自己在聽伊波說話的同時，有種黑暗又沉重的東西流入了他的內心，那是名為絕望的黑暗。

「那我們該怎麼辦？」

為了擺脫黑暗，有禮試圖尋求答案。

該怎麼辦？要怎麼做才能預防黃泉神帶來的巨大災難？

伊波露齒一笑。

「你怎麼會問這種問題？天神的計畫不就是為了這個目的而存在的嗎？因為有這個計畫，我們才會聚集在這裡。只有天神能夠封印黃泉神，我們只能遵從天神的計畫。」

「所以你知道嗎？」Q問，「你知道天神計畫的內容嗎？」

「我怎麼知道。」

聽了伊波的回答，有禮他們忍不住面面相覷。

「那要怎麼遵從天神的計畫？」

光流生氣的問。

伊波沉默片刻，輕輕吸了一口氣後才緩緩開口：

「天神正在實施把黃泉神封入地底的計畫，祂會根據實際狀況向我們下達神諭。

我認為，在我們這些被聚集起來的成員中，有人承擔了接收天神訊息的任務，但這個人並不是我。」

「所以是猴子嗎？是猴子負責接收天神的訊息嗎？」

聽到Q的問題，伊波微微偏著頭問：

「你說什麼？猴子？」

「咦？」這次輪到Q納悶的偏著頭，露出了意外的表情，「伊波，你沒見過猴子？」

伊波臉上露出困惑的表情。

「猴子是什麼？你是說夢境中的那隻猴子？」

Q和有禮互看了一眼，然後對伊波說：

「不是，是真正的猴子。我和有禮在便利商店的後山見過牠，牠也是巫覡隊的成員。」

「猴子嗎？」

伊波發自內心感到困惑，注視著Q。

「騙人，我從沒聽說過猴子是巫覡這種事。牠有什麼能力？」

「牠會說話，是會說話的猴子。」

聽到Q的說法，有禮立刻補充說明。

「正確的說，並不是猴子會說話，而是牠會透過干涉腦波傳遞訊息。那隻猴子能夠接收思考的腦波，所以能接收天神的訊息再傳達給我和Q。」

伊波皺起了眉頭。

「所以是傳達神諭嗎？但怎麼可能是猴子呢？猴子是巫覡是騙人的吧……」

「有禮，這是真的對不對？我們親眼看到猴子在說話。」

Q向他徵求意見，於是有禮又重複了一次。

「不是猴子在說話，是牠在干涉腦波。」

不過沒有人對他說的這句話有任何反應，反倒是伊波問了另一個問題。

「那隻猴子傳達了什麼訊息？」

Q被問到後，轉頭看著有禮。

「是什麼訊息？」

有禮吞下幾乎要脫口而出的嘆息，代替Q回答。

「第一次猴子說黃泉神出現了，七尊巫覡會聚集在一起，把黃泉神封印在地底的幽冥之地，叫我們去找其他巫覡。第二次猴子雖然沒有現身，我們卻聽到牠說天神即將降臨，要我們做好迎神的準備。」

伊波的眼中發出異樣的光芒。

「降臨？天神嗎？天神出現了嗎？」

有禮突然發現自己手心冒汗，他用襯衫下襬擦了擦雙手的手掌，然後稍微壓低聲音對伊波說：

「不知道，但是皮可……就是一年級的正田昌彥，他在鏡池旁撿到了一面古銅鏡。他上次失蹤的那一天，預知雷會打在鏡池畔的銅鏡上，所以從學校溜了出去。他說不能讓黃泉軍撿到那面鏡子，必須在他們之前先把鏡子撿起來。鏡子……那面古銅鏡好像同時存在於隱身所和現實世界。」

「他最後拿到了嗎？」

伊波探出身體，雙眼發亮的問。

看到有禮點了點頭，伊波嘴裡發出了陶醉的嘆息。

「這樣啊……那一定是一面特別的鏡子。」

然後伊波點頭說道：

「很久很久以前，黃泉神還在這個世界肆虐的時候，人類便借用天神的智慧打造出那面鏡子，也就是所謂的祭器，或是用來趕走黃泉神的工具。古代人把這些工具埋在地底下，以便黃泉神再度出現時可以使用，像銅鐸、銅矛、銅劍這一類工具，都是天神讓人類使用的。所以天神讓我們使用那面銅鏡，就代表天神已經做好了封印黃泉神的準備。」

有禮的腦海中浮現了《古事記》的內容。

取天金山之鐵，求鍛人天津麻羅，科伊斯許理度賣命，令作鏡。

古代人認為鏡子是神的分身，是奉神的命令所打造的工具。

這時，伊波似乎想起什麼似的補充說：

「我想皮可應該不是具有預知的能力，而是他的眼睛可以看到神看見的東西。因為天神的眼睛可以超越時間和空間看到一切，皮可也可以看到神所看到的景象，也就是說，他能夠接收神想要讓他看到的畫面。」

光流不耐煩的插嘴：

「我們可以回到剛才的問題嗎？神到底要用什麼方式把計畫告訴我們？神到底要我們做什麼？」

伊波看著心情惡劣的光流，似乎覺得很有趣。

「到處都是天神的訊息，但只有特別的人才能感覺到。有的人是以圖像的方式接收，有的人可以接收流入腦內的電流，也有人是用旋律的方式接收訊息。」

光流大吃一驚，Q也驚訝的看著光流。

「咦？所以光流有接收到天神的訊息嗎？」

伊波沉默了一下，笑著看向有禮、Q和光流，隨即再度開口：

「是啊，雖然光流自己可能沒有發現，但她確實有接收到天神的訊息，而且她接收訊息的形式是旋律，這是最接近神的原語形態。」

「神的……原語？」

有禮不解的嘀咕著。伊波點了點頭，說出不知道是從哪裡引用的話。

「神之語詞為樂；神之標詞為數；神之詞宿於天地萬象之內。」

有禮他們聽不懂這幾句話的意思，相互交換了探詢的眼神。伊波見狀，似乎覺得很有趣，於是揚起嘴角繼續說道：

「這是伊波家傳下來的話，意思是說，神說的話是樂，而所謂樂是音樂的曲調，也就是旋律。神所說的話語，應該很接近光流聽到的形態。」

「但我根本不了解意思啊。」

光流生氣的對伊波說。

伊波聳著肩回答光流：

「我想也是，但是你即使不了解意思，也可以重現神的原語，不是嗎？」

「重現？」

有禮不解的咕噥，Q和光流也互相看著對方。

「沒錯，」伊波點著頭繼續說：「光流剛才在黑影大蛇裡唱出了天神傳達給她的旋律，這不就是重現了天神的話嗎？所以大蛇才會感到害怕。應該說，光流說了天神的原語，使操控大蛇的黃泉神感到害怕。那個旋律是能讓黃泉神害怕的話語，我猜那可能是一種咒語，能把黃泉神送入地底的送神咒語……」

伊波停頓了一下，注視著光流。光流也朝伊波瞪了回去，似乎在和他的視線抗衡。

「我相信這就是光流的使命。」伊波說。

「想要重現神的話語，就需要光流的能力。我們稱神的原語為天音，我相信天音……光流重現的天神咒語，是這次計畫中不可或缺的要素。正因為如此，天神剛剛才會保護光流。當光流被大蛇吃下去的時候，天神傳達出咒語想要拯救她。」

伊波說完這句話後，用力吐了一口氣，接著點了點頭。

「嗯，絕對沒錯，天神的計畫已經啟動了。只不過……我對一件事很不滿，那就是不應該讓猴子加入。雖然我不知道計畫的內容，但如果可以，我希望和正常一點的隊友合作。」

你自己不是也很不正常嗎？

有禮在心裡吐槽伊波。他不知道成員中有猴子和有奇怪的大叔，到底哪一個比較好。但是無論他再怎麼想，都不覺得伊波是值得信任的隊友，不過猴子也很難信賴就是了……

這時，伊波在他們面前搖晃了一下，然後又重新站起來。

「我差不多該消失了，」伊波拍了拍屁股上的泥土說：「回家之後，我就會躲進大叔的內心深處。雖然大叔很可憐，從遠足快結束到回家的這段記憶是一片空白，他可能會驚慌失措，但反正不時會發生這種情況，他應該有辦法應付。你們下個星期在學校見到他的時候，要對他好一點喔。」

「啊！」Q瞪大眼睛看著伊波說：「我們在學校看到的伊波老師，不知道你這個小孩子伊波……老師不知道你的存在吧？我沒有自信可以和伊波老師正常相處……」

「呵呵呵，」伊波笑了起來，「沒關係、沒關係，你很快就會習慣了。今天發生的事不能讓大叔知道，你們不要多嘴說出不該說的話，知道了嗎？我會一直在大叔身體裡監視你們，不要忘記這件事。」

伊波說完，便逕自走向公車道。

「好噁心……」

Q小聲說出這句話時，伊波突然轉過身說：

「對了、對了……」

他似乎想起了什麼事。

「你們要告訴其他巫覡隊的隊友，不要錯失預兆，萬一發現像是預兆的跡象，要及時採取措施。」

伊波說完便轉身離去。

「啊……嚇死我了。」

Q鬆了一口氣。

「真是夠了，那種傢伙竟然是隊友。」

光流無力的說。

有禮注視著伊波越來越小的背影，然後緩緩站起身。

他渾身疼痛，骨頭好像快要散了。

他們在隱身所內四處逃命，後來又衝進那片濃霧裡，身體受到的傷害到現在還沒有完全恢復。

「我們回家吧。現在幾點了？」

有禮拿出手機想要確認時間，卻看到螢幕上有訊息顯示，是妹妹明菜傳來的。

明菜原本不想搬家和轉學，爸爸、媽媽為了說服她同意，所以向她提出各種優惠條件，買智慧型手機給她也是優惠條件之一。

明菜用手機傳了訊息給他。

嗨，哥哥！聽說八年級生大吵一架，這是真的嗎？為什麼遠足都快結束了還吵架？該不會是三角戀愛的糾紛？(≧▽≦)

好好加油，要乖乖聽伊波老師訓話，那就先這樣嘍！回家之後再聽你細說分明，等你回來喲！

大吵一架？三角戀愛的糾紛？新的不安在有禮的心裡萌芽。

春來這傢伙是說什麼理由？她到底對大家說了什麼？回家後要怎麼向明菜解釋啊？

3 太陽記號

渾身疲憊的有禮等人，決定要搭公車回家。

他們在走去公車站的路上，在栗栖谷綠地公園角落的自動販賣機各買了一瓶飲料，因為他們全都口乾舌燥。公園附近已經看不到伊波的身影，不知道他是怎麼回去的。

「對了，春來說過要傳訊息給她。」

有禮喝了半罐的芬達葡萄汽水才想起這件事。

「我來傳訊息給她，她應該已經回學校了吧？」

正在喝柳橙汽水的光流拿出手機說。

「她應該早就回到學校，現在已經解散回家了吧？現在距離遠足結束已經過了快兩個小時。」

公園入口旁有一個小型鐘塔，上面的時鐘顯示已經快四點了。

「呃……飲料裡有奇怪的東西。」

Q皺著眉頭看飲料罐。

「你喝的是珍珠牛奶，你說的奇怪東西是不是珍珠？」

有禮斜眼看著Q，把剩下的芬達倒進嘴裡。

「珍珠是什麼？一顆一顆的耶。」

這傢伙不知道珍珠是什麼東西，為什麼還買珍珠牛奶？有禮猜不透Q的行為模式，只能輕輕的嘆了一口氣。就在這時——

「學姐！」

公車道的方向傳來了叫聲。抬頭一看，駛向JR車站的公車正準備從公園的車站出發，公車駛離後，才看到有一個人站在人行道上，雙手像是傾盆大雨時的雨刷那樣用力揮動。

「是浩克……」

Q目瞪口呆的嘀咕。

「學姐！光流學姐！」

「小春！」

光流也向她揮手。

「對不起，我正打算要傳訊息給你！」

春來越過馬路後直直朝他們衝過來，她衝上公園入口處的一小段階梯，跑向光流。Q急忙大喊：

「不要過來、不要靠近、不要碰到！」

「我知道啦。」

春來在距離他們一公尺的地方停了下來，嘟起嘴看著Q。然後她雙眼發亮的轉頭看光流，像是機關槍似的開口說：

「太好了！你平安無事吧？很快就出來了嗎？這次出來很輕鬆嗎？畢竟我們大概知道破綻會出現的位置了……可是還是花了很多時間嘛，你們在做什麼啊？因為一直沒有你們的消息，所以我就回來這裡了。學校一解散，我就隨便編了個理由說有東西忘在這裡……我真的很擔心耶。大家都沒事吧？有禮學長、Q學長也都OK？啊，對了！伊波老師呢？伊波老師怎麼樣了？」

春來說完後東張西望的打量四周，然後突然大叫起來。

「啊！你們該不會把老師一個人丟在那裡吧？該不會把他丟在隱身所吧？這樣會不會太過分了？」

春來自顧自的說話，自顧自的下結論，又自顧自的露出責備的眼神看著有禮他們。在春來機關槍似的說一大堆話的時候，Q也一直看著罐子裡的珍珠牛奶，直到現在才終於開口。

「我們才沒有丟下他不管，我們和他一起逃離了隱身所，因為他也是巫覡。」

Q的話發揮了讓春來閉嘴的理想效果。前一刻還滔滔不絕的春來立刻安靜下來，目瞪口呆的看著Q，然後——

「你說什麼！」

春來放聲尖叫。

「不會吧，這絕對不可能，最後一個隊友竟然是伊波老師……你們是在騙我吧？

不要、不要、不要，我不要啊！他不是大叔嗎？他只是個普通的大叔不是嗎？他有什麼特殊能力嗎？他根本什麼都不會吧！」

有禮、Q和光流互看著彼此，不知道該從哪裡開始向她說明。

Q最先開了口。

「他會什麼……應該說，他是專業巫覡，他們家世世代代都從事這個職業，所以有很多相關的知識，也可以說是經驗。」

「啊——」

春來再次大叫。

「不會吧！專業巫覡？我還以為他只是個廢柴，原來那是欺騙我們的偽裝嗎？」

「嗯，這個……」

Q露出求助的眼神看著有禮。

有禮在無奈之餘只好開口說：

「也不算是偽裝，而是我們認識的伊波老師體內隱藏了另一個人格，伊波老師自己好像也沒發現這個第二人格。」

「啊？這是什麼意思？是雙重人格嗎？就像《化身博士》的傑奇和海德嗎？」

「嗯，沒錯，差不多就是這樣。」

有禮點了點頭，很驚訝春來竟然知道《化身博士》。

「所以他會變身嗎？另一個人格是好人嗎？還是壞人？」

完了，還是沒辦法。有禮很失望，忍不住對這個情況感到沮喪，自己果然沒辦法向這傢伙說明……

光流站在沉默的有禮身旁，向他伸出了援手。

「雖說是變身，但其實外表並沒有變化，只是聲音和說話方式會完全不一樣。隱藏在伊波老師體內的另一個人格，是個才八歲的男孩。」

春來難以置信的把眼睛瞪得圓滾滾的，用試探的語氣反問光流。

「所以他外表看起來是大叔，但內心是小孩子嗎？」

「對。」

看到光流點頭，春來用力皺起眉頭發出一聲低吟。

「呃……好噁心。」

光流繼續說明。

「伊波老師是在閏年的二月二十九日出生，四年才會有一次生日，所以他每四年才長一歲。按照這樣計算，他現在的年紀不是三十五歲而是八歲。這個八歲的人格為了隱藏自己是專業巫覡的身分，平常都躲在伊波老師的內心深處，就連老師自己也沒有發現，所以這件事不能說出去，連伊波老師也不能說。」

「呃！」

春來吐著舌頭皺起眉頭，好像吃了什麼難吃的東西。

「真的假的？他自己也不知道有另一個人格的存在，而且另一個人格還是個八歲小鬼……沒想到這種人竟然是我們的隊友。」

春來停頓了一下，咬牙切齒的說：

「真是糟透了。」

有禮他們要搭前往栗栖台新城方向的公車，那輛車不到十分鐘就要進站了。

「我們先去公車站吧。」

有禮把喝完的芬達汽水罐塞進自動販賣機旁的回收桶。

3
太陽記號

「浩克，你要不要喝珍珠牛奶？」

Q似乎不想喝珍珠牛奶，所以這麼問春來。

春來露出可怕的眼神瞪著Q。

「不要叫我浩克，我叫春來。我才不要什麼珍珠牛奶，而且你不是已經喝過了嗎？」

「有禮，你要喝珍珠牛奶嗎？」

「我不要。」

有禮也拒絕後，Q無可奈何的把罐子裡剩下的珍珠牛奶一口氣喝完，然後生氣的把空罐丟進回收桶。

「我以後絕對不會再買了，還說是牛奶，結果根本就不是牛奶嘛。」

Q該不會是想買水果牛奶，結果卻買到珍珠牛奶了吧？有禮在心裡這麼想著，但是沒有把話說出口。

在公車站等車的時候，春來接連問了一大堆問題，有禮、Q和光流輪流把隱身所內發生的事，還有伊波告訴他們的事說給春來聽。

春來聽到偽裝成太陽塔的黃泉軍在露營區的破綻旁埋伏，忍不住抖了一下，害怕的皺起眉頭。

「為什麼？怎麼會這樣？這是他們第一次在破綻旁埋伏吧？而且為什麼要偽裝成太陽塔？不是可以偽裝成很多東西嗎？為什麼偏偏選了太陽塔？那些傢伙的品味是怎麼回事？」

有禮也思考過這個問題。黃泉軍這次為什麼會偽裝成太陽塔，在破綻旁邊埋伏呢？

「他們應該也發現了。」

有禮說出自己的想法。

「什麼？」

隨著春來的提問，三雙眼睛一齊看向有禮。

「我想，他們應該也發現了破綻的規律。不，也許他們是發現到我們已經發現了破綻的規律。」

「啊？他們發現我們發現了？」

有禮這番像繞口令的話，讓Q不解的偏著頭。有禮向Q點頭後繼續解釋。

「他們以前不是也曾設過陷阱嗎？上次我們在體育館後方一起被送去隱身所時，他們把我們關在校舍內想要困住我們，後來是浩克……不對，是春來破壞了校舍玄關的門，在千鈞一髮之際讓我們逃了出來。後來是逃去東側停車場的車子，才順利回到這個世界不是嗎？那一次的破綻出現在停車場內，但黃泉軍在遠離破綻的校舍內設下了陷阱。」

「你的意思是說，那時候黃泉神不知道破綻在哪裡嗎？」

光流難得展現了她的機靈，有禮輕輕點了點頭繼續說下去。

「我那時候覺得『如果要設陷阱，應該不會選在破綻附近』。要是逃生口就在校舍內，黃泉軍還把我們關在裡頭，這樣不是讓我們更接近逃生口嗎？但是，如果他們能夠精準預測到破綻出現的地點，並且知道我們會去那裡，就只要埋伏在那個地方等我們送上門就行了。就像踢空罐的遊戲一樣，當鬼的人只要守在空罐旁就好，要是有人跑來踢空罐，碰一下對方就解決了，可以省下到處追人的力氣。但是他們之前從來沒有埋伏在破綻旁，不管是破綻出現在東側校舍一樓，還是側門旁的停車場，或是出現在陽光公寓……」

有禮停頓後喘了口氣，然後對注視著自己的Q、光流和春來繼續說：

「春來說的沒錯，這是他們第一次在破綻附近埋伏我們。他們為什麼突然改變了戰術？我認為有兩種可能。第一個原因，是他們現在終於發現了破綻出現的規律。另一個原因，就是他們知道我們掌握了破綻出現的規律，預測到我們會直奔破綻出現的地點。如果我們不知道破綻的所在地，即使他們在破綻附近埋伏也是空等一場，不是嗎？這就像是不知道空罐放在哪裡，沒辦法去踢空罐一樣。雖然我不知道哪一個理由是正確答案，但唯一確定的是……」

有禮再度深深吐了一口氣，然後隨著呼吸，把內心浮現的憂慮說了出來：

「我們不能為破解了破綻的規律而高興，雖然知道破綻出現的地點對我們有利，但對黃泉軍來說，也會變得容易埋伏攻擊我們。」

其他人聽了有禮的話，都露出緊張的神色互看彼此。

「那小春問的另一個問題呢？」

不一會兒，光流也開口問有禮。

「我們知道了黃泉軍改變戰術的原因，但你覺得他們為什麼要偽裝成太陽塔呢？」

有禮也一直在思考這個問題。

「我覺得，這其實也和破綻的規律有關。」

「這話是什麼意思？規律就是那張地圖上畫的線嗎？」

光流偏著頭感到納悶。有禮將原本看著光流的視線移到Q身上。

「Q的姊姊不是破解了破綻的規律嗎？把破綻出現的地點畫在地圖上，然後把這幾個點用線連結起來，就會成為一直線……」

「嗯，這就是破綻出現的規律，破綻會出現在那條直線和隱身所邊緣的接觸點上。」

Q說完後，有禮點了點頭繼續說下去：

「除了這一點以外，我認為破綻出現的地點還有另一個我們沒有發現的規律。」

「什麼規律？」

有禮回答Q的提問：

「破綻出現的地點都有記號，太陽的記號。」

「太陽的記號？你是說太陽公公的記號？」

春來一臉錯愕的問。

「對，」有禮點了點頭後繼續說下去，「在地圖上找出那個地點很簡單，但在隱身所內就沒有那麼容易找到了，因為實際站在馬路上或學校裡，根本不知道從正東向北偏三十度的線在哪裡。我們這次雖然知道大致的方位，但也沒辦法很精準的知道位置。也許是我們錯過了記號，破綻出現的地點都有記號，只不過我們一直沒有發現。」

「什麼記號？你是說哪裡有太陽的記號嗎？」

Q訝異的問有禮。

「這次的破綻不是出現在露營區的『太陽廣場』嗎？」有禮向大家說明。

「上次的破綻是『陽光公寓』的三樓，這些地名都和太陽有關係。」

「但是學校的停車場呢？那裡和太陽沒有關係吧？」

光流出言反駁，但有禮搖了搖頭。

「不對，那裡也有太陽的記號，就是車子。我們找到的破綻中的破綻，最後坐進去的那輛銀色轎車是『Corona』。Corona是日冕，也就是太陽大氣層的最外層。日食的時候太陽被月亮遮住，太陽邊緣的那一圈光芒就是日冕，所以那裡也有太陽的記號。」

「那教室呢？」這次是Q發問。他問的應該是第一次和有禮兩人誤闖隱身所時，出現在東側校舍一樓的那間教室。

有禮看著Q說：

「教室的地板不是顯示了六階魔方陣嗎？橫向和縱向都分別是六格的魔方陣。」

看到Q點了點頭，有禮又接著說：

「自古以來一直把七個魔方陣與七大天體結合，從橫向和縱向分別是三格的三階魔方陣，到四階、五階、六階、七階、八階、九階魔方陣為止的七個魔方陣，都有各自對應的天體。三階魔方陣對應土星，四階魔方陣對應木星，五階魔方陣對應火星，六階魔方陣對應的是……」

「太陽……」

Q比有禮更快說出了答案。

「原來是太陽的魔方陣，所以那間教室裡也有太陽的記號。」

有禮對Q的話用力點了點頭，接著回頭說明春來一開始問的問題：

「我認為這就是他們今天偽裝成太陽塔的原因。雖然我們完全沒有發現太陽的記號，但黃泉軍……不，應該是在背後操控黃泉軍的黃泉神發現了那個記號，所以準備了一個冒牌貨。為了避免我們發現記號直奔太陽廣場，他們想用一個更明顯的太陽記號吸引我們的注意力，我相信這就是那個太陽塔出現的原因。」

「太陽塔真的很引人注目，」Q感慨的說，「雖然當時不知道記號的事，但真的會情不自禁的被那個塔吸引過去……」

公車還沒有到站，可能是在路上塞車了。

有禮他們把四個人回到這個世界的過程告訴春來。說完之後，Q又補充說：

「還有啊，在我們逃離隱身所前，光流在地上撿到了你的手提袋，然後把那個手提袋帶了回來。結果伊波大發雷霆，一把搶過那個手提袋丟到營火那裡，還朝袋子灑米粒、唸咒語，最後點火把它燒掉了。他說要是黃泉神躲在袋子裡就慘了。」

Q竟然滿不在乎的把有禮認為最好別提的事告訴了春來，有禮只能嘆著氣聽他說完。

「聽說米粒和鹽一樣具有淨化作用，咒語也可以幫助淨化。咒語的名字叫什麼……好像是搗蛋左衛門？」

「是稻荷祭文。祭文是在祭典時唸誦的咒語。」

有禮小聲的糾正，但沒有任何人聽他說話。

春來的臉上露出可怕的表情，她搖晃著一頭蓬鬆的頭髮，歪著頭目露凶光的說：

「什麼？伊波老師嗎？你說他燒了我的手提袋？你說的是哪一個手提袋？」

「那還用問嗎？就是你之前掉在隱身所的那個手提袋啊。」

Q若無其事的回答，春來臉上的表情變得比剛才更加可怕。

「所以是我媽親手幫我做的那個有姓名縮寫的手提袋嗎？伊波老師沒有向我打一聲招呼就燒掉了嗎？」

「對，他用打火機點了火。」

Q一臉興奮的點了點頭。

「老師為什麼要這麼做？」

春來微微偏著頭，目露凶光的雙眼一直盯著天空看的樣子很可怕。有禮不知道該說什麼，用力呑著口水時，光流用安慰的語氣開口說道：

「小春，這也是沒辦法的事，因為那是那些傢伙設下的陷阱。我看到那個手提袋是你的，沒有多想就撿了起來。現在仔細想一想，就覺得手提袋掉在那裡很奇怪。那個手提袋是你在隱身所內的學校停車場弄丟的，它怎麼可能會自己跑去栗栖谷綠地公園的露營區呢？那絕對是那些傢伙設下的陷阱，想要讓我們把它撿起來帶回現實世界。是我中了他們的圈套，所以伊波那麼做沒有錯。為了避免黃泉神在這個世界肆虐，必須那麼做才行。這件事是我的疏失，真的很對不起。」

春來看著空中的雙眼緩緩移向光流，不發一語的聽著她說話。

在光流說完之後，春來重重的吐了一口氣，露出微笑說：

「光流學姐，你不要說對不起，我不會生你的氣。你能夠順利回來這裡，我真的超開心的。但是……」

3
太陽記號

春來面帶笑容卻咬牙切齒的說：

「我絕對不會原諒那些傢伙。」

春來口中的「那些傢伙」感覺不只有黃泉神，伊波是不是也包括在內？有禮看著面帶笑容的春來，不由得產生了這樣的疑問。

但是多虧了Q用輕鬆的語氣說出手提袋被燒掉的事，有禮才能夠順利轉達伊波的話。

也就是說，那些躲過米粒、祭文和火焰淨化的黃泉神，可能會在這個世界引發預兆，所以大家要提高警覺。有禮還告訴春來，一旦引發預兆，就會讓原本預計在三個星期後才破裂的黃泉繭提前破裂。

「咦？你說什麼？已經燒掉手提袋了還會這樣？有黃泉神逃走了嗎？可是說要提高警覺，是要怎麼提高？」

春來會這麼著急很正常。有禮想到目前的狀況，也感到有點窒息。

自己能做什麼？天神想要自己做什麼？想到自己還沒搞清楚這些事，危機就已逼近眼前，他不由得感到害怕。

「啊，公車來了！」

Q指著道路遠方說道。往栗栖台新城方向的公車，穿越街道駛向綠地公園，公車上一整排窗戶在陽光照射下閃閃發光。

「那個……」

光流低著頭，她的話才說到一半就陷入了沉默。有禮察覺到光流話語中的緊張氣氛，忍不住也跟著緊張起來。

「怎麼了？」有禮小聲的問。

光流瞥了他一眼，然後立刻看向公車站牌。

「我覺得還是要說一下……謝謝你們來隱身所找我。」

聽到光流這麼說，有禮突然不曉得該怎麼回答，於是用力的吸了一口氣。

「別客氣、別客氣，我們不是隊友嗎？是天神挑選的團隊嘛。」

Q開朗的笑了起來。

「我沒有一起去……」

春來一臉抱歉的縮著肩膀，但光流用力的搖頭對她說：

「不，小春，你是特地留下來的。如果大家都不見了，事情一定會鬧得很大。多虧你巧妙的為大家掩飾，現在才沒有看到搜索隊在這裡走來走去，所以也要謝謝你。」

「沒有、沒有，這根本是小事一樁。」春來說。

「對了，你是怎麼掩飾的？你對其他人和老師說了什麼？」

Q突然想到要問春來這件事。

春來得意的回答。

「我說八年級的學長姐吵得很凶，就連伊波老師勸阻也不聽，所以就叫我們先回去……我說是伊波老師這麼說的，他說要和你們好好聊一聊，等你們冷靜下來，心服口服之後再回學校，大家都相信了。」

Q目瞪口呆的看著有禮和光流，然後開口問春來：

「那我們為什麼吵架？」

春來嘟著嘴說：

「這種事你們要自己想啊，我可沒辦法管那麼多。反正我照你們的要求在大家面前為你們掩飾了，所以算是完成了任務，不是嗎？」

有禮站在理直氣壯的春來身旁，想起明菜剛才傳來的訊息，心情顯得格外沉重。沒錯，在和黃泉神對決之前，要先對付明菜。要怎麼說才能順利敷衍過去呢？

隨著一陣引擎聲傳來，公車在有禮他們面前停了下來。他們走上公車時拉開了間隔，避免互相碰觸。

倒數第二個走上公車的Q，轉頭對最後一個上公車的有禮小聲說：

「你覺得我們為珍珠牛奶到底好喝還是難喝這件事吵架怎麼樣？因為你說好喝我就買了，沒想到超難喝的，所以我們就吵架了，然後光流勸我們不要吵……」

正當有禮想要打斷Q說個沒完的劇本時，公車出發了。

在搖晃的公車上，有禮再度嘆了一口很大、很大的氣。

4 訊息

有禮對明菜的訊問行使了緘默權。雖說是緘默，但並不是完全不說話，而是用「少囉嗦」、「和你沒關係」、「我怎麼知道」這三句話阻擋了明菜的追問。

「媽媽！哥哥都不說實話！他在遠足的時候和同學吵架，挨了老師的罵，還不肯告訴我他們為什麼吵架！」

明菜知道無法從有禮口中問出原因後，便氣鼓鼓的跑去向媽媽求助。正在看郵購雜誌的媽媽，對有禮和同學吵架的原因沒有太大的興趣。

「是喔，你和同學吵架了啊。有禮，你會和別人吵架真難得，已經和好了嗎？」媽媽頭也不抬的問。

有禮小聲咕噥著回答。「和好了。」

「那很好啊，既然馬上就和好了，可見不是吵得很嚴重。」

媽媽想用這句話結束這個話題，可是明菜不肯罷休。

「誰說不是很嚴重？音樂社的春來學姐說他們吵得很凶，伊波老師勸也勸不聽，所以只有八年級的學生留下來，其他人都先回學校了。伊波老師說：『我會和他們好好聊一聊，等他們冷靜下來，心服口服之後再回學校。』這不是代表他們吵得很嚴重嗎？媽媽，你有沒有在聽我說話？」

媽媽對兩個孩子向來很公平，那就是不管是有禮還是明菜，都絕對不可以打擾她。媽媽不耐煩的抬起頭，開始打發明菜。

「明菜，你有時間管這種事嗎？你不是說有很多功課嗎？鋼琴練好了嗎？你昨天也沒練，不能因為發表會結束就開始偷懶。你說想跟著以前的老師上鋼琴課，所以我每個星期都特地送你去那裡上課。既然你自己偷懶，那媽媽以後也不管你了。」

「但是哥哥他……」

媽媽很清楚怎麼做可以打發明菜。

明菜仍然在嘀嘀咕咕的，媽媽冷冷瞥了她一眼，嘆著氣說：

「你煩不煩啊，為什麼你非要知道哥哥和同學吵架的原因？這根本不重要吧？你有閒工夫想這種事，還不如趕快去把功課寫完，要是你功課寫不完，我明天就不會帶你去購物中心，知道了嗎？」

「好啦。」明菜小聲的回答。她用好像在看仇人的眼神瞪了有禮一眼，然後轉頭走回自己的房間。

得知危機終於過去，有禮忍不住鬆了一口氣。這時，他猛然發現媽媽手上拿著雜誌，雙眼卻注視著自己。有禮回望媽媽，看見媽媽微微揚起了嘴角。

「你最近有點變了，以前和同學之間的關係只是敷衍一下，沒想到你竟然會和同學吵架……」

媽媽樂在其中的說完這番話，再度低頭看起了郵購雜誌。

隔天星期六，有禮難得快十一點才起床，看來自己果然是累壞了。他在睡夢中聽到媽媽說要和明菜一起去逛購物中心，好像還做了幾個奇怪的夢，但他已經想不起來自己夢到了什麼。

現在是六月，今天也是晴朗的好天氣。打開窗戶，潮溼的風吹進房間，吹起了掛在牆上的月曆。有禮想起爸爸說今天要去打高爾夫球。

大家都不在家……有禮暗自鬆了一口氣，接著伸了個懶腰。他洗完臉後走去廚房吃穀片，桌上有媽媽留下的便條紙和午餐費，五百日圓被當作鎮紙壓在便條紙上。

有禮：

這是午餐費。今天晚餐全家要一起去吃迴轉壽司，六點集合。你要在六點之前回家。

媽媽留

好了，自由的假日要做什麼？有禮喝著瓷碗中剩下的牛奶，一邊思考這個問題。牛奶中帶有穀片的香氣和砂糖的甜味感覺特別好喝，有禮很喜歡把穀片全都撈完後，再喝碗裡剩下的牛奶。他突然想到Q之前喝珍珠牛奶的事，忍不住笑了起來。那傢伙真的是怪胎……想到這裡，他又想起了媽媽昨天說的話——

你最近有點變了。

有嗎？自己變了嗎？就像黃泉軍慢慢發生變化一樣，自己也發生了變化嗎？

他覺得人往往很難察覺自己的變化。最近每次測量身高，都發現自己長高了，但他完全沒感覺自己正在長高。可是有一天，他突然發現拿得到放在書架最上層、以前根本拿不到的書。

雖然看不到自己的變化，卻可以清楚看到周圍的改變。有禮想著這些事，在空蕩蕩的廚房內把碗洗好後放在瀝水架上。

最後，有禮決定去跑步。他從家裡出發，逆時針繞公車行經的路線跑一圈，然後在附近的便利商店買些輕食回家填肚子。

這是有禮第一次挑戰繞新城一周。之前放假的時候，他偶爾也會出門跑步，但是從來沒有沿著公車路線跑一圈。

不知道距離總長多少？自己能跑完嗎？不知道能跑完幾成？一旦開始思考這些事情，就讓他忍不住充滿期待。

他穿上運動褲，搭配一件薄質連帽衫，就這樣走進初夏的風和陽光中。

他的口袋裡只有五百元硬幣和手機，所以很輕便。

噠、噠、噠、噠、噠、噠……有禮在行道樹下奔跑，樹木隨風搖曳，在地面灑下斑駁的樹影。

他從西町跑向南町，在經過鏡池時，看到有人站在前方的三叉路上……是皮可。

他在幹麼？有禮想起皮可就住在這附近，於是跑向皮可所在的三叉路，沒想到皮可站到人行道中央，擋住了有禮的去路。

跑得很順的有禮為節奏被打亂感到生氣，無可奈何的在距離皮可兩公尺的地方停下腳步。

「怎麼了？」

有禮的話音未落，皮可就開口了。

「我看到了，又看到了，出事了！」

聽到皮可這句話，有禮的心臟劇烈跳動起來。撲通、撲通、撲通，心跳不由得加快了速度。

「看到什麼？你看到了什麼？」

有禮急忙問道。

4
訊息

「公寓……很大的公寓前面，樹木變得一片漆黑。」

皮可和往常一樣，說話的內容很莫名其妙，有禮忍不住著急起來。

「哪裡的公寓？有沒有什麼線索？到處都是公寓，是怎樣的公寓？」

「非常、非常大的公寓。」

皮可用力張開雙手，似乎想要表示公寓的規模。

「是高級公寓，媽媽是這麼說的，她告訴我那裡是高級公寓。」

「啊？媽媽？你媽媽說的？」

有禮立刻追問皮可。

「你親眼看過那棟公寓嗎？是不是和你媽媽一起去看的？」

「對……」皮可點頭後皺著眉頭，問了有禮自己提到的單字。

「高級是什麼意思？」

「就是品質高、價格貴的意思。」

有禮有點不耐煩的向皮可說明。

「所以那棟高級公寓在哪裡？你說公寓前的樹木是黑色的，這是怎麼回事？」

皮可的腦袋，似乎不具有同時回答兩個問題的處理能力。

「我不知道在哪裡。」

皮可先回答有禮的第一個問題。

「我是坐在爸爸車上看到的，是去『暖暖湯天地』回來的時候……」

暖暖湯天地……有禮迅速在記憶中的地圖尋找那家大澡堂的位置。那家澡堂位在栗栖台新城的西北方，距離有禮家大約十五分鐘車程。

皮可應該是從那裡回家的路上，坐在車裡看到了那棟有問題的公寓。但是，光憑這一點還是無法確定是哪一棟公寓。

「有沒有什麼記號？就像上次的陽光公寓一樣，那棟公寓有沒有什麼記號？」

皮可對有禮搖了搖頭，但他似乎想到了什麼事，突然瞪大眼睛。

「有一個奇怪的名字，媽媽說了名字，好像是什麼老人家的名字。」

「名字？」

有禮陷入了混亂。

「是公寓的名稱嗎？像老人家名字的公寓？」

4
訊息

有這種奇怪名稱的高級公寓嗎？

皮可骨碌碌的轉動著眼珠，努力回想那個名字。

「嗯，老、老、老爺爺……」

皮可提到的公寓名稱關鍵字，在有禮的腦海中迸出了火花。

「大老爺嗎？公寓的名稱是不是大老爺？」

「對！」

皮可興奮的點頭。

沒錯，有禮不久之前曾在報紙上看到建案的夾報廣告。

「栗栖大老爺公寓七月亮麗完工。樣品屋開放參觀！」

大老爺公寓是一棟尚未完成的建築。

新城的高臺地區不斷豎立起鋼筋骨架，有禮也不時看到那些骨架漸漸變成巨大的建築物。

就是那棟公寓！是大老爺公寓！現在終於確定皮可看到的畫面在哪裡了，但是仍然不知道那個畫面代表什麼意思。

有禮又重複了一次剛才的問題。

「你說大老爺公寓前的樹木變得一片漆黑？是怎樣的黑色？你知道樹木為什麼會變黑嗎？」

皮可目不轉睛的注視著有禮的眼睛。

「因為從那裡來到這裡的東西，全都集中在那棵樹上。」

一陣寒意流過有禮的背脊。

有禮低聲重複了皮可的話：

「從那裡來到這裡的東西，全都集中在……那棵樹上嗎？」

「對，」皮可點了點頭，「要趕快消滅他們，在他們散開到整個城市做壞事之前，要在太陽下山之前。」

「太陽下山之前……」

有禮抬頭瞥了一眼天空，確認了太陽目前在正午的位置。

各式各樣的疑惑和問題在有禮的內心翻騰。要怎麼消滅他們？那些傢伙是怎樣的傢伙？他們要做什麼壞事？

4
訊息

不過有禮知道，皮可也無法回答這些問題。
怎麼辦？該怎麼做才好？
有禮在問自己這些問題的時候，放在口袋裡的手機突然震動了起來。
因為時機太過巧合，有禮嚇得倒吸了一口氣。
是誰？是誰打來的電話？有禮看著手機螢幕，上面顯示了「岡倉光流」的名字。
「喂？」
有禮接起電話，隔著手機，可以聽到光流呼吸的聲音。
「請問是田代的手機嗎？」
光流似乎很緊張，她用嚴肅的語氣說道。
有禮點了點頭回答：
「對，有什麼事嗎？」
光流停頓了一下，立刻一口氣說了起來：
「那個旋律又響了，和上次一樣，好像在催促我做什麼事，該不會又發生什麼狀況了吧？」

和上次一樣，皮可用圖像的方式接收了天神的訊息，光流則是接收到天音。這次又是……

有禮對光流說：

「皮可也看到了畫面。」

「啊？」

隔著電話也知道光流倒吸了一口氣。

「皮可也看到了？他看到什麼？你怎麼會知道？」

幸好有禮和皮可不一樣，能夠一次回答好幾個問題。

「我在跑步時，在南町的三叉路遇到了皮可，他現在就在我面前。皮可看到大老爺公寓前的樹木變得一片漆黑，就是高臺地區那棟還在建造的高級公寓。」

「樹木變黑是怎麼回事？」

光流的聲音顯得很緊張。

「現在還不清楚，但好像……」

有禮瞥了皮可一眼，鼓起勇氣說：

4
訊息

「好像和預兆有關。」

「什麼？」

光流再度倒吸了一口氣。

「這是怎麼回事？你說是預兆，所以那時候果然有黃泉神逃走了嗎？」

「現在還不是很清楚。」

有禮回答後繼續說道：

「但是皮可說，從那裡來到這裡的傢伙聚集在那棵樹上，要在他們散開做壞事之前解決他們。這似乎是天神傳達的訊息，要我們在太陽下山之前解決他們。」

「怎麼解決？我們要怎麼解決他們？」

向光流說明情況時，有禮也漸漸理出了頭緒，所以他毫不猶豫的回答光流的問題：

「打電話給伊波。他上次不是說，如果發現狀況就通知他嗎？」

「但是……」

有禮察覺到光流在電話另一頭陷入了猶豫。

「打電話給他，但接電話的不是伊波老師嗎？對方不是伊波，而是不了解狀況的伊波老師啊。」

「他們共用一個身體，所以只要呼喚他，他應該就會現身吧。他之前說自己會在內心深處監視老師和我們，所以只要他願意，應該隨時都可以出來。反正我先打電話給伊波，然後再和你聯絡。」

有禮說完後，光流沉默了片刻才回答。

「好，那我等你聯絡。」

掛上電話後，有禮立刻撥了緊急聯絡通訊錄上伊波老師的手機號碼。

今天是星期六，他很擔心伊波老師假日不接電話，幸好鈴聲響了四次之後，立刻聽到了熟悉的聲音。

「喂，我是伊波。」

「啊……」

雖然是有禮主動打電話，但伊波老師接起電話後，他卻不知道該說什麼才好，腦筋變得一片空白。

4
訊息

「呃，我是八年級的田代。」
他好不容易才擠出這句話。
「喔，是田代啊？」
伊波老師很意外的回答。
「怎麼了？有什麼事嗎？」
伊波老師這麼一問，讓有禮語無倫次起來。
「呃，那個……我打這通電話是有事想通知你……」
說到這裡有禮就說不下去了，到底該怎麼跟老師說呢？
請叫伊波聽電話？
請問伊波在那裡嗎？
「有什麼事要通知我？」
伊波老師狐疑的問。
有禮痛恨自己沒有多想就撥了老師的手機號碼。
「呃……那個……就是昨天說的……關於預兆的事，我想……」

沉默——令人難以承受的沉默一湧而上。

對不起，我打錯了。有禮打算向老師這麼說之後掛上電話。

「什麼？你說有關於預兆的事要通知我？」

手機另一端的聲音突然變了。

「……」

有禮說不出話來，對方卻繼續追問：

「你特地打電話來，一定是發生了什麼事吧？出了什麼狀況？」

「是伊波嗎？」

有禮戰戰兢兢的問。

「嗯，對啊，現在和你通電話的不是大叔，是我。你趕快把情況說清楚，發生了什麼事？你發現了什麼？」

電話中傳來不耐煩的聲音。雖然聽起來不耐煩，但那不是伊波老師平時說話的聲音，而是小孩子的聲音。

有禮終於放心的吐了一口氣，一口氣說出想要告訴伊波的情況。

4
訊息

「皮可和光流都接收到訊息了。光流聽到天音，皮可看到畫面，天神似乎要告訴我們，那些傢伙聚集在還沒完工的大老爺公寓前的樹上，要我們在太陽下山，那些傢伙散開到這個城市做壞事之前解決他們。」

伊波陷入了沉默，應該是正在思考該怎麼辦。

「你叫光流去那裡，你也一起來。我會馬上過去。」

有禮對著手機問：

「其他人呢？Q、春來，還有皮可……」

「讓皮可回家比較好，其他兩個……嗯，也通知他們，因為不知道會發生什麼事，人多好辦事。」

5 預兆

有禮叫皮可回家後，先打了電話給Q，但鈴聲響了好幾久Q都沒有接，無奈之餘，他只好打給光流。

光流立刻接起了電話。有禮轉達伊波的指示，叫她一起去大老爺公寓，她立刻回答：「我知道了。我現在在學校，馬上和小春一起過去。」

「春來也和你在一起嗎？」

有禮想起一件令自己不安的事，於是向光流確認。

「嗯，今天上午的社團活動拖延了一點時間，剛剛才結束。」

有禮措詞委婉的向光流說出內心的不安：

「伊波也會一起來，所以你是不是先跟春來說一聲比較好？呃，就是即使看到伊波也不要動手。」

「啊……」

光流似乎也想到了這件事。她之前有說過春來很會記仇，所以有禮覺得春來一定還在怨恨伊波燒掉她的手提袋。

「OK，我會跟她說，禁止暴力。」

光流說完後掛上了電話。

有禮試著再度聯絡Q，但還是沒人接電話。

有禮放棄繼續打電話給Q，直接跑向位在高臺地區的大老爺公寓。從遇見皮可的南町三叉路到大老爺公寓的距離相當長，從學校出發的光流她們應該會比有禮更早到。

也許回家騎腳踏車會比較快。有禮心想。那條路是捷徑，只要稍微繞一下，就可以先回家騎車。有禮決定之後便一口氣跑回家，然後騎上腳踏車一路奔向目的地。

有禮朝大老爺公寓的方向用力踩著腳踏車，這時，他看到一輛腳踏車從外圍道路的方向騎了過來。

咦?不會吧?

沒想到心情愉快的騎著腳踏車的人竟然是Q。

「喔,有禮!喂,你要去哪裡?」

Q也發現了有禮,他用力的揮手打招呼。有禮在即將和Q擦身而過時緊急煞車,腳踏車停了下來。

「皮可看到了畫面。」

有禮調整呼吸,轉頭告訴Q。

「他說逃走的黃泉神聚集在大老爺公寓前的樹上。」

Q也停了下來,回頭看著有禮。

「啊?大老爺?逃走的黃泉神?」

Q的大腦似乎還在努力處理有禮傳達給他的資訊。

「大老爺是什麼?」Q問。

有禮向他說明。

「就是高臺那裡正在建造的大型公寓啊。」

「所以你現在要去大老爺嗎？」

有禮點頭回答Q的問題。

「我已經聯絡伊波了，他也會一起來。我叫皮可先回家，但伊波要我通知所有人，所以我剛才打了電話給光流，春來也會跟她一起來。我也有打電話給你，但你一直不接。」

「我把手機放在屁股後面的口袋裡，沒聽到鈴聲。不過我當然要去啊，走吧！」

Q的語氣聽起來很開心，把腳踏車調轉方向。

「你原本要去哪裡？」有禮看著Q問。

Q穿著寬鬆的牛仔褲和寬鬆的短袖T恤，身上還背了一個很大的背包。

「我正打算把冬天的大衣送去洗衣店。國道旁有一家洗衣店正在促銷，六月送洗大衣可以半價。」

「你不去沒關係嗎？」

「沒關係、沒關係。」

Q很開心的回答。

「現在不是去洗衣店的時候，先消滅黃泉神比較重要。我們快走吧。」

Q說完後，搶在有禮面前騎著腳踏車上路。

他們騎著腳踏車來到新城的西北角，眼前是一條通往大老爺公寓的長長上坡。

坡道前方到底有什麼在等待他們呢？Q用開朗的聲音對抬頭看著前方的有禮說：

「有禮，我們來比賽！」

Q稍微放慢了速度，騎在有禮身旁看著他。

有禮深深吸了一口從坡道上方吹來的風，努力擺脫內心難以形容的不安。

「走吧！」

有禮一聲令下，兩個人開始用力的踩下踏板。

兩輛腳踏車沿著西北角的坡道往上騎，前方是一片樹林，樹林對面那棟巨大公寓在正午的太陽下閃閃發光。

大老爺公寓看起來幾乎已經完工了，只是房子周圍的設施還在施工，地面挖的坑洞還沒有回填。前方是一片種了樹木的綠化區，形成了隔開馬路的屏障。

Q和有禮騎著腳踏車你追我趕，穿越了綠化區，騎上最後的陡坡。他們看到大老爺公寓前有兩個人影，是光流和春來。

有禮搶先一步來到她們面前，停下腳踏車。晚一步抵達的Q，把腳踏車停在有禮身旁抱怨。

「呿，因為我背了東西……」

光流和春來看到Q背著一個大背包，似乎一點也不覺得奇怪。春來完全沒問背包的用途，反而連珠炮似的開口說：

「現場說明會取消了。剛才房屋仲介公司的人都走了，原本要在一點和三點分別舉辦兩場說明會，但十點那場說明會發生了很多意外，所以就取消了。」

光流對仍然呼吸急促的有禮和Q補充說明。

「施工也暫時停止了。我聽到他們講電話的內容，聽說電力系統發生故障，早上那場說明會帶客人參觀公寓時電梯停了，有客人被關在電梯裡。因為無電可用，所以今天說明會和工程都沒辦法進行。」

有禮這才發現公寓周圍不見人影。雖然今天是星期六，但為了在七月竣工，照理說現在應該是最後的衝刺階段，可是公寓周圍的磁磚才貼了一半，造景的石頭也堆在那裡無人理會，說明會接待用的帳篷下也沒人。帳篷前有個寫著「現場說明會」的牌子，上面又貼了一張「說明會取消通知」的紙。

「漆黑的樹在哪裡？皮可不是看到樹變成一片漆黑嗎？」

光流站在打量告示牌的有禮身旁，四處張望著問道。有禮也觀察著剛才經過的綠化區樹木，以及公寓周邊種植的樹。

這時，一輛藍色機車穿過綠化區，發出啪嗒啪嗒的聲響騎上了坡道。

「啊，是伊波……」

Q小聲的說。

「對不起，我來晚了。」

戴著安全帽的伊波，把機車停在有禮他們的腳踏車旁邊，用小孩子的聲音說道。

「怎麼會這樣？這是怎樣？這傢伙是怎麼回事？」

原本站在光流身旁的春來，露出毛骨悚然的表情向後退了幾步。

「啊，春來和Q也在，大家都到齊了。」

5
預兆

伊波脫下安全帽，看到了放在帳篷前的牌子。

「咦？怎麼回事？上面貼了一張紙……說明會取消通知，所以原本要在這裡舉行說明會嗎？」

有禮把剛才從春來和光流口中得知的情況告訴伊波。

「上午參觀公寓時，電力系統發生了故障，結果害客人被關在電梯裡。因為沒有電源，工程也只好暫停了。」

「是喔。」

伊波露出意味深長的眼神，看著空蕩蕩的帳篷小聲嘀咕：

「電力系統故障……真的只是這樣而已嗎？照理說，這種程度的故障應該會馬上找業者修理才對。難得遇上週末人潮多的時候，有可能連工作人員也離開工作崗位嗎？」

「你想說什麼？」

有禮覺得伊波話中有話，忍不住反問。

伊波嘴角露出冷笑看著有禮說：

「一定是發生了各種千奇百怪、難以解釋的奇怪現象，但他們只能說是電力系統發生故障來掩飾。」

「那是什麼意思？你到底想說什麼？」

有禮重複了剛才的問題。

伊波雙眼含笑的看著有禮，然後咕噥著說：

「預兆開始了。」

「什麼？」有禮忍不住問道。

所有人都在等待伊波往下說。

「預兆一旦開始，起初是發生一連串小小的、怪異的現象，然後現象會慢慢擴大。」

伊波用緩慢的語氣向其他人說明。

「所以，如果像皮可說的，黃泉神就躲在這附近，那就應該會發生這種情況。」

「意思就是……」春來小聲的嘀咕。

伊波看著春來的臉，對她點頭笑了笑。

「沒錯，那些傢伙就在這附近。」

他的話為周遭的景象披上一層不吉利的黑影。

地面被挖出的坑洞、沒有人的公寓後方、樹木錯落的陰影，似乎都有什麼東西在蠢蠢欲動，讓人感覺背脊發涼。

伊波緩緩離開他的機車，轉了一圈觀察周圍的情況。

「好，我們來把他們找出來吧。皮可是怎麼說的？」

被問到的有禮，一邊打量四周的情況一邊回答。

「他說公寓前的樹木變得一片漆黑，那些傢伙聚集在那棵樹上。」

「公寓前的樹木……」

伊波看著種在公寓前方的每一棵樹木。

「總共有六棵……會不會還包括綠化區的樹木？但他說是公寓前的樹木，所以應該是指這六棵才對，但每一棵看起來都不是黑色……」

伊波說完這句話後，注視著光流手上拿的黑色長笛盒子。

「嘿，太好了。光流，你剛參加完社團活動嗎？」

伊波獨自點著頭笑了起來。

「你用長笛吹奏天音吧。天音本來就要用會響的東西演奏，既然有長笛，那比用唱的更有效，你用長笛吹奏天音試試。」

伊波說的「會響的東西」就是樂器。有禮看著光流，不知道她會怎麼回答。

「我辦不到。剛才還聽得到那個旋律，但現在已經聽不到了。就算你叫我吹奏天音，我也吹不出來。」

「只要一開始的部分就好。」

伊波很堅持。

「只要吹奏一小段，他們就會急忙採取行動。趕快吹天音，只要吹你記得的部分就好，把他們逼出來。」

光流聽到伊波這麼說，便把盒子放在機車上打開，一臉不悅的把長笛組裝起來。

「聽好了，」站在光流身旁的伊波看著所有人說：「不管發生什麼事都不要碰到彼此，這裡應該也在隱身所的範圍內，如果巫覡和巫覡接觸，馬上就會被送去隱身所，你們要記住。」

有禮、Q和春來，以及組裝好長笛的光流，像是在做廣播體操一樣散開，彼此保持一定的距離。公寓前有六棵樹和五個散開的人，一陣風吹過地面的坑洞——

「光流，趕快吹天音。」

風中響起伊波的聲音。

有禮看著光流把長笛湊近嘴唇，銀色的長笛震動了空氣，發出美妙的聲音。那是光流之前在隱身所內的栗栖之丘學園操場上哼唱的旋律，也是她昨天在黑影大蛇體內唱出的旋律。

雖然光流說不記得了，但她還是用長笛吹奏出毫無脈絡的音符。

那個旋律從Mi、Do、Fa、Do、So開始，然後滑到高八度的Re，之後又回到了低音Re。

長笛好像用輕快的音符在訴說什麼訊息。

有禮無意識的記憶著光流吹奏的旋律。

Mi、Do、Fa、Do、So，Re、Re、La、So、Mi，So、Do、Re、Si、Re，Mi、Re、Mi、Do、Fa，La、Re、La……

有禮感覺腦袋好像被人重重的打了一下，頓時睜大了眼睛。

他覺得自己知道這首曲子，他確信自己知道。明明是第一次聽到，但不知道為什麼，有禮卻知道這首曲子。

為什麼？為什麼自己會知道呢？是在哪裡聽過嗎？這是什麼曲子？

就在這時——

雖然沒有風，但有禮身旁那棵野漆樹的樹梢，發出了沙沙作響的聲音。

有禮驚訝的抬頭一看，發現有許多黑色的東西，一下子從茂密的野漆樹樹梢陰影處飛向天空。

「那、那是什麼？是麻雀嗎？」Q大叫著。

那群黑色物體拍動翅膀的聲音不斷傳來，伊波抬頭看著那群飛向天空的黑影大喊：

「是蝙蝠！」

伊波在說話的同時，把手上的細小白色顆粒丟了出去。是米粒！但是伊波灑出的米粒，無法丟到已經飛到樹梢上方的蝙蝠身上。

5
預兆

伊波大聲唱誦祭文：

「嗡、達基呢、巴扎拉、達托、班，

嗡、達基呢、阿比拉、嗚坎。

嗡、奇里卡庫、索瓦卡……」

樹梢上方的蝙蝠群突然急速下降。

「啊！」

下降的蝙蝠群像是要擦過光流的頭頂似的急速迴旋，長笛的聲音中斷了。

伊波看到那群黑色蝙蝠飛向公寓的後山，忍不住咂嘴「呿」了一聲。

「被牠們逃走了。」

「你說的是那些蝙蝠嗎？那些蝙蝠就是黃泉神嗎？」

光流緊緊握著長笛問伊波。

「蝙蝠是載體，」伊波回答，「黃泉神現在對陽光的耐性還不夠，所以要進入動物體內霸占牠們的身體，靠那些動物的身體移動。」

伊波在說話的同時邁開步伐，準備去追擊飛到後山的蝙蝠，有禮他們也跟著他行動。

「那群蝙蝠全都是載體嗎？有幾十隻耶。」

Q把大背包放在腳踏車旁，輕盈的跟在伊波身後，忍不住害怕的問。

「應該不是全部。」

伊波一邊從公寓的角落繞向後山，一邊回答Q的疑問。

「黃泉神有聚集在一起的習性，在隱身所內增殖時，也會集中在同一個地方。現在來到這個世界的這些傢伙，是離開群體的少數派，所以會本能的躲在蝙蝠群中。也就是說，他們霸占了其中幾隻蝙蝠的身體，然後操控其他蝙蝠躲藏在蝙蝠群中。」

大老爺公寓後方是新城北側的山脈，山壁上長滿了綠油油的樹木和夏草。

看不到可以上山的路，Q抬頭看著山脈嘆氣。

「如果他們逃去山上，我們就追不到了吧？」

「他們應該不會去很遠的地方。」

伊波看著山脈說道。

「蝙蝠和黃泉神都喜歡黑暗，在白天幾乎不會行動。」

5
預兆

就在這時，春來發出「啊、啊、啊」的三聲慘叫。

「怎麼了？發生了什麼事？有什麼東西跑出來了嗎？」

Q慌張的東張西望。

有禮順著春來的視線看過去，發現春來凝視著公寓後方和山脈交界處的地面，那裡長了一些稀疏的雜草，還有幾個黑色的東西掉在那裡。

「蝙蝠……」

距離春來一公尺外的光流，探頭看向雜草後小聲的說，然後突然倒吸了一口氣。

「好噁，這是怎麼回事？這些蝙蝠都瞎了一隻眼睛。」

有禮這時也清楚看到了春來和光流注視的東西。

地上躺著四隻蝙蝠，牠們可能已經死了，身體一動也不動，四肢僵硬的張著翅膀上的飛膜。

地上躺著可怕的蝙蝠屍體，但更可怕的是，這四隻蝙蝠屍體都瞎了一隻眼睛。

「利用完就被捨棄了……」

伊波看著腳下的屍體說。

「他們在這裡換了載體，轉移到其他動物身上，所以就把之前霸占的蝙蝠丟在這裡。這些蝙蝠只剩下空殼了。」
「為什麼蝙蝠都瞎了一隻眼睛？」
有禮把視線從可怕的黑色屍體上移開，轉頭問伊波。
伊波四處張望，想找出黃泉神的新載體，同時也簡短回答了有禮的問題。
「因為眼睛是他們的出入口。」
「咦？眼睛嗎？」
有禮不由得感到毛骨悚然。
「對，」伊波點了點頭繼續說下去，「黃泉神藏身時會從眼睛進入，轉移時也是從眼睛離開，所以尋找黃泉神隱藏的載體，就要找獨眼動物。」
伊波說得若無其事，有禮和其他人則默然無語的相互交換了眼神。
「總而言之，」伊波說，「現在知道敵人的數量了。有四尊黃泉神逃走了，我們要趕快找到他們，把他們燒掉。」
伊波看著手拿長笛的光流。

5
預兆

「你再吹奏一次天音，用那個旋律把黃泉神帶到我們面前，我就可以連同他們的載體燒死他們，並且加以淨化。」

一陣風從山上吹來，茂盛的樹木扭動身體發出沙沙作響的聲音，好像在回應伊波的話。

光流舉起長笛靜靜的吹奏起來，銀色的長笛再度響起旋律。

6 告者

天音裊裊，有禮和其他人屏息斂氣觀察四周的動靜。

躲避陽光、潛入蝙蝠體內的黃泉神，在捨棄蝙蝠之後會霸占哪一種動物的身體呢？伊波說，只要找瞎了一隻眼的動物，就可以找到黃泉神的載體。

有禮想起自古以來單眼是神的象徵，也是將活供品供奉給神明的特有記號，還有隱身所內的黃泉軍也只有一隻眼睛……他想著這些事，環視大老爺公寓的周圍。

公寓後山的樹林深處，突然傳來嘎沙嘎沙撥開樹木的聲音。

所有人都抬頭看向那個方向。

是人嗎？有禮以為有人從山上走了下來，因為逐漸靠近的動靜和聲音很大，不像是小動物悄悄靠近的樣子。

6
告者

聲音越來越大，有個巨大的東西在樹林中朝這裡衝下來，發出咚、咚、咚的聲音。轉頭一看，只見伊波緊握著右拳，應該是準備要隨時灑出米粒。

「光流，繼續吹奏天音。」

伊波發出指示，光流卻抬起頭，中斷了天音。

「不行，接下來的旋律我記不得了。」

光流說出這句話的時候，那個東西從樹林深處現身了。

「哇喔……」

Q大叫一聲向後退，有禮也忍不住後退了一步。那是一頭長滿灰色硬毛的山豬，站在後山的交界線上瞪著他們，而且是一頭特大號的山豬。

春來瞪大眼睛愣在那裡。光流緊緊握著長笛，倒吸了一口氣。

「牠的眼睛沒瞎……」

有禮發現了這件事，小聲告訴伊波。山豬的兩隻眼睛都很正常。

這頭山豬不是黃泉神的載體嗎？

有禮他們和山豬之間的距離只剩下數公尺，山豬站在後山樹林的邊緣，不停的甩著粗短的脖子，好像在驅趕什麼東西，然後怒目瞪著有禮他們，發出分不清是低吟還是呼吸的聲音。

這時，有禮隱約聽到了有別於山豬的聲音，那個嗡嗡聲……聽起來像是空氣震動的聲音，是什麼聲音？

是翅膀拍動的聲音！

有禮發現這件事時，伊波鎮定的小聲對他說：

「是牛虻。你仔細看山豬的背上，有一群牛虻。」

山豬仍然像在生氣似的甩著脖子、抖動肩膀，背後那群蟲子因為山豬的動作像黑煙般飛了起來，接著又立刻圍在牠的四周。

看來山豬是想甩開在自己身邊飛來飛去的牛虻。

「在那裡面。」

伊波小聲說道。

「咦？」有禮和Q同時發出疑問的聲音。

伊波看著山豬，快速的說：

「黃泉神躲在牛虻群裡挑釁山豬。牠們叮咬山豬，想讓山豬發怒攻擊我們。」

Q驚訝的看了看山豬，又看著伊波說：

「牛虻？在牛虻裡嗎？根本看不到是哪隻牛虻的眼睛瞎了啊。」

Q講話太大聲，讓山豬有了反應，牠用充血的雙眼瞪著Q。山豬低下頭，用前腳抓扒地面。

「牠要衝過來了……」

伊波神色緊張的說。

「我們要分開逃跑，不要聚在一起。」

在這種情況下灑米粒只會激怒山豬，而且也來不及唸咒語。

沙、沙、沙，眼前的樹叢搖晃起來。

「快跑！」

聽到伊波的叫聲，有禮、Q、光流和春來立刻散開，跑向公寓的正門。

「嗚哇！」

Q的身體飛了出去，似乎是被山豬撞到了。

「Q！」

Q倒在地上，而且山豬似乎打算再度衝向他。

有禮正想撿起地上的石頭時，伊波已經用一塊大石頭丟向山豬。

山豬改變方向，轉身面對伊波。一群牛虻像黑煙一樣，在山豬的臉頰周圍飛來飛去。

牛虻還鑽進山豬的耳朵，並且叮咬牠的眼周和鼻子。山豬不停的甩動頭部，但那群牛虻始終圍繞著牠的臉。山豬的臉被叮得很痛，再加上甩不開那群纏人的牛虻，牠幾乎就要失控了。

「嗡、達基呢、巴扎拉、達托、班！嗡、達基呢、阿比拉、嗚坎！」

伊波在把米粒丟向牛虻的同時唸誦咒文。山豬衝向伊波，不過伊波躲過了攻擊，繞到另一棵樹的後方。

山豬用身體撞向樹幹，樹木發出吱吱咯咯的聲音慢慢傾斜。伊波向後一跳，當山豬打算再度撲上去時，一顆石頭打中了牠的臉。

剛才被山豬撞倒在地的Q已經站了起來，將手上的小石頭不停丟向山豬。有禮也立刻加入，他們撿起地上的小石頭丟向山豬。

小石頭沒辦法擊退山豬，牠心浮氣躁的甩頭、拱背，用布滿血絲的雙眼看著周圍，似乎在思考接下來要攻擊誰。

伊波在傾斜的樹木後方再度唸起咒文，當他準備用從口袋裡拿出來的米粒丟向牛虻時——

「讓開！」

背後傳來低沉的聲音。有禮回頭一看，發現春來把某個閃亮的藍色物體高舉在頭頂上。

「嗚哇……不要啊！」

聽到伊波悲痛的慘叫聲，有禮終於發現春來手上高舉的是那輛藍色機車。

「那是我的機車！」

春來在伊波大叫的同時，把機車丟向山豬。

伊波的藍色機車，以不輸給快速球的驚人速度從空中飛向山豬，在分不清是咚鏘、砰咚還是鏗鏘的巨大聲響後，機車打中了山豬。機車的鏡子和擋泥板四散在地，山豬倒在地上，揚起了一陣塵土。

看到山豬躺在地上的龐大身軀和殘破不堪的機車，有禮確信了一件事──這是春來的復仇，她果然沒有原諒伊波燒掉她手提袋的事。

「我的機車……」

伊波茫然的說完之後隨即回過神，跑向倒在地上的山豬。

「太猛了，浩克打敗了山豬……」

Q跑向山豬時小聲嘀咕。他的牛仔褲在膝蓋部位破了個洞，還滲出血來，應該是被山豬撞到時受了傷，但似乎並不嚴重。

「我不是浩克！」

春來轉頭看著Q，用低沉的聲音說。

「光流，快吹奏天音！」

機車被摔壞的伊波對光流下達指示後，再度朝山豬周圍的牛虻群灑淨化的米粒。光流也聽從指示，用長笛從頭吹奏起那個旋律。

6
告者

「嗡、達基呢、巴扎拉、達托、班，
嗡、達基呢、阿比拉、嗚坎。
嗡、奇里卡庫、索瓦卡，
嗡、達基呢、嘉其掐卡、內依唉伊、索瓦卡，
嗡、達基呢、錫里唉伊、索瓦卡……」
伊波的祭文和光流吹奏的天音交織在一起。
在山豬身體上方嗡嗡飛來飛去的牛虻群發生了變化。牛虻離開山豬的身體，用力拍著翅膀朝同一個方向旋轉，形成了一個黑色漩渦。
伊波不停的朝漩渦灑米粒。
天音、祭文和米粒，也許是無法承受這三種攻擊的威力，有四隻牛虻飛離了漩渦，想要飛向高空逃亡。
「嗡、達基呢、巴扎拉、達托、班，
嗡、達基呢、阿比拉、嗚坎！」
伊波提高音量大聲唸誦祭文，並且用力的把米粒丟向四隻牛虻。

其中三隻牛虻掉在有禮的腳下。

伊波立刻從口袋裡拿出某個東西，點燃了地上的三隻牛虻。

「啊，點火槍……」

春來看著伊波手上拿的細長點火工具，小聲的說。

被點火槍點燃的牛虻，在泥土上燒了起來。

「這就是他們的載體嗎？他們還在裡面嗎？」

有禮無法確認牛虻是不是瞎了一隻眼，不安的看著正在唸誦祭文的伊波。

伊波踩了踩三隻終於變成灰燼的牛虻回答：

「不用擔心，他們掉下來時還在動，而且也沒有機會換其他載體。」

光流放下嘴邊的長笛。

「剩下那隻呢？不是還有一隻嗎？」

「你們看，就在那裡，我盯著牠。」

Q得意的說，指著公寓側面的外牆。

「牠停在一樓，就在排氣管突出部位的底下對吧？」

6

告者

光流照Q所說的瞪大眼睛看，然後說：

「牠沒有移動，但是要怎麼燒牠？那裡燒得到嗎？」

春來四處張望後說：

「要不要拔一根樹木或電線桿把牠打下來？」

「好主意。」

Q興奮的猛點頭，有禮忍不住插嘴。

「不行啦，你們應該知道這裡不是隱身所吧？在現實世界把樹木或電線桿拔起來亂甩，之後會引發嚴重的問題。」

「啊，對喔。」

Q像是終於想起來似的，看著倒在地上的山豬和摔壞的機車感慨的說：

「這不是幻象，而是現實啊……」

「啊，牠動了！」

抬頭看著外牆的光流叫了起來，其他人也同時看向那裡。

「慘了，」伊波嘀咕著，「牠會從排氣管進入公寓。」

在他們的注視下，黑色牛虻消失在排氣管中。

「呿！」伊波咂著嘴，「竟然讓最後一隻……」

「怎麼辦？」有禮問。

伊波沒有回答有禮，嘴裡卻一直唸唸有詞，似乎在整理自己的思緒。

「他剛才操控載體在太陽下飛來飛去，還遭到天音、祭文和米粒的攻擊，現在應該已經變得很脆弱了，所以才會逃走，逃到我們追不到的地方。不過，如果現在不消滅他恐怕會後患無窮，到了晚上他就會恢復力量，到時候應該會去公寓外尋找新的載體，到街上引發預兆……」

「即使只有一隻也會嗎？」光流向伊波確認，「一隻也不能放過嗎？」

「一隻也不能放過。」

伊波冷冷的說完，抱著雙臂陷入了沉思。

「接下來要怎麼辦？總之先來設結界吧。」

「結界？那是什麼？怎麼設結界？」

Q好奇的問。

6
告者

伊波把手伸進口袋，搖搖晃晃的走向公寓附近。

「把米粒放在公寓的四個角落。」

就像放堆鹽一樣啊！有禮心想。春來看到伊波從口袋裡拿出米粒，堆放在第一個角落時小聲問道：

「這樣會有效嗎？」

「要視對方的力量而定。」

伊波耳朵很靈光的聽到了，接著又對春來說：

「如果是在戶外就很難，但在獨棟的房子或公寓之類的建築物中，這種方法很有效，就像在門上裝了一道鎖，外面的東西進不去，裡面的東西出不來。但是，如果對方的力量很強，即使上了鎖，也可以把整道門撞破。現在他應該很虛弱，所以我想他應該沒有能力打破結界，不像你能使用蠻力。」

「你說什麼？」

春來偏著頭，雙眼冒出了怒火。

「你剛才說我用蠻力？」

伊波無視春來的問題，把米粒放在第二個角落。

「你們注意觀察，看他有沒有出來。」

伊波說完便走到公寓後方，把米粒放在有禮他們目前所在位置看不到的兩個角落。

「超火大……」

春來低聲嘀咕，有禮嘆了一口氣，忍不住在內心反駁。

你哪有資格說別人？你自己還不是把伊波的機車摔壞了？

「但是把他關在公寓裡，之後該怎麼辦？」光流抬頭看著牛虻消失的排氣管問，

「我們沒辦法進去吧？公寓應該鎖住了吧？」

伊波繞公寓走了一圈，他回來後所說的話，證實了光流的意見。

「我已經設好結界，但似乎沒辦法進去公寓裡面。原本以為電力系統出了問題，玄關的自動門禁系統會失效……我想得太天真了，他們用手動的方式上了鎖，我查了側門也行不通。好了，現在該怎麼辦？」

伊波抬頭看著眼前的大老爺公寓。

「一樓談話室露臺的角落。」

「咦？」

在場所有人同時叫了起來，互相看著彼此的臉。

「剛才是誰在說話？」

Q看著有禮，語帶責備的問。

「不是我。」

有禮生氣的回答，但沒有人承認剛才是自己在說話。

「但是剛才真的有聽到聲音吧？有人說一樓談話室露臺什麼的……」

春來四處張望，在說這句話的同時，又聽到了那個聲音。

「我是說，一樓談話室露臺角落的窗戶開著。」

有禮猛然意識到，這個聲音不是耳朵聽到的，而是直接在腦中響起。

「啊！」

Q似乎也察覺到腦中響起的聲音是熟悉的關西腔。有禮和Q緩緩的互看了一眼，同時叫了起來。

「是猴子！」

「快出來，你在哪裡！」

Q對著後山大叫，其他人也不由自主的看向那個方向。

伊波注視著後山，小聲的問：

「這是真的嗎？你們說的猴子，就是之前說是我們隊友的那隻猴子嗎？牠正在對我們說話嗎？」

「喂！猴子！」

Q再度對著後山大叫。

這時，有禮他們的身後響起了一個聲音。

不過這次的聲音不是在腦中響起，而是用耳朵直接聽到的。那個聲音說：

「誰是猴子？」

「咦？」

所有人再次同時叫出聲，猛然轉頭看向後方。

一個人影從大老爺公寓和馬路間的綠化區樹蔭下走過來。他不是猴子，而是人

6
告者

類，而且穿著皺皺的灰色連帽衫和牛仔褲。

「咦？什麼？這是怎樣啊！」

Q大叫出聲。

有禮呆若木雞的看著身穿連帽衫走過來的少年。

「這是怎麼回事？」

光流小聲的問。

「他為什麼會出現在這裡？」春來茫然的問。

沒錯，這傢伙為什麼會在這裡？

「他根本不是猴子啊。」當伊波說出這句話的時候，對方已經來到有禮他們面前，並且舉起手說了聲「嗨」，所有人都大驚失色的看著他。

「你、你……呃，他不是那個傢伙嗎？桌球社七年級的……」

陷入混亂的Q指著那個人，但似乎想不起他的名字。同是七年級生的春來說：

「安川！為什麼？你為什麼會在這裡？你來這裡幹麼？」

這時，腦中又有聲音響起了。

「我不是說了嗎？我把你們不知道的事告訴你們。一樓談話室露臺角落的窗戶沒鎖，工作人員帶客人參觀時打開卻忘了鎖上，你們可以從那裡進去公寓。」

一陣漫長而凝重的沉默後，有禮拚命眨著眼睛，想要了解突然出現在眼前的安川，和在腦中響起的關西腔之間有什麼關係。Q、光流、春來和伊波，也傻傻的看著安川。

不會吧？是他嗎？是安川在我們的腦袋裡說話嗎？那我和Q之前看到的那隻猴子呢？那隻猴子是怎麼回事？

安川笑著看向有禮，腦袋裡又響起了說話聲。

「那個喔，那隻猴子被我操控了。」

「什麼？」有禮問道。

安川這次直接開口回答：

「這不是什麼困難的事，猴子的大腦和人類的大腦大致相同，而且猴子的防衛比較鬆懈，如果順利的話，還可以控制猴子的動作，但是人類就不行了，因為人的防衛比較嚴謹。那天那隻猴子剛好在便利商店的後山，而且超聽話的，所以我就進入牠的大腦作業領域操控了牠。」

「你……你讓猴子說人話嗎？」

Q驚訝的問。

「不是、不是。」安川搖著頭，似乎覺得很好笑。

「是我在對你們說話，那時候我就在你們附近，猴子只是在我的控制下走到山頂，然後坐在岩石上而已。那並不是什麼困難的事，只要偶爾抓一下背，搖晃一下身體就行了。」

伊波在有禮身旁小聲的說：

「我就說猴子是巫覡這件事太奇怪了。」

有禮瞪著嬉皮笑臉的安川問：

「你為什麼要這麼做？我是問你為什麼要這麼大費周章的騙我和Q？為什麼不直接走到我們面前說話？」

「那我倒是請教你，」安川收起了笑容，用一副豁出去的態度瞪著有禮，「如果有學弟突然跑到你面前對你說：『我現在要向你傳達神的旨意』，你會相信嗎？應該不會相信吧？」

有禮說不出話，和Q面面相覷。安川冷笑一聲繼續說：

「哼，你看吧，我就知道會這樣。更何況讓猴子傳達旨意是天神想到的又不是我，大家不是都做了那個猴子傳達訊息的夢嗎？我也是因為做了那個夢，才想到可以用猴子來傳達，因為我覺得讓猴子傳達旨意感覺更有可信度，所以才那麼做的。反正我就算當面告訴你，你也不會相信。」

認真聽安川說話的伊波開了口：

「天神之所以挑選猴子在夢中傳達旨意，應該和這裡有一間古老的神社有關。日吉神社原本是這一帶的氏神，天神和這裡的土地神形象同化，所以選擇了日吉神社的使者——猴子來傳達旨意。」

「但是、但是，你……」Q仍然難以置信的問安川，「那時候真的是你在說話嗎？因為那隻猴子說我們是智人，你不也是智人嗎？」

安川露出有點尷尬的表情說：

「因為……我覺得那樣說比較像是猴子在說話……」

有禮和Q難以置信的再度互看彼此一眼。

「這傢伙太差勁了。」

Q這麼說，但有禮並沒有馬上點頭同意。

若無其事當班導師的伊波，隱瞞自己力大無比、老是裝可愛的春來，還有假裝是猴子、不公開真實身分的安川，他們之中到底誰比較差勁呢？這麼一想，有禮忍不住又嘆了一口氣。

伊波像要趕走停滯的空氣似的開口說：

「先別吵了，現在必須消滅掉剩下的那一隻……能夠發現沒鎖的窗戶真是太幸運了，我們趕快進去把他找出來。」

7 追蹤

有禮一行人依次從面向一樓露臺的落地窗走進公寓。談話室內鋪著木頭地板，上面放了木桌和木椅，乍看之下，好像是食堂或是飯廳之類的地方。角落有一個開放式吧檯，吧檯後方是一個小廚房。

「談話室是什麼？」

Q打量著寬敞明亮的房間，自言自語。

安川回答。

「這裡是公寓住戶舉辦活動或派對的公共區域，來現場參觀公寓時，這裡會供應茶和蛋糕。」

「安川，你怎麼知道這些事？」

7
追蹤

春來一臉狐疑的看著安川。

「因為我上個星期有來參加現場參觀。」

「咦？你家要買公寓嗎？這裡的公寓都以億起跳吧？」

春來大聲叫著。

「不是、不是，」安川搖了搖頭，「這是我媽的興趣，她喜歡看這種以億起跳的公寓或豪宅樣品屋。她說要來看，所以我就陪她來了。這裡七樓的樣品屋超高級的。」

「好棒喔，我也想看！等一下可以去七樓參觀嗎？」

「不行。」

伊波和有禮異口同聲的反對，春來氣鼓鼓的住了嘴。

伊波看著吧檯後方的廚房說：

「外牆的排氣管似乎和那裡連在一起。」

有禮瞥了一眼通往公寓內部的談話室出口，對伊波說：

「這裡的出入口關著……所以牛虻應該還在這裡？」

「應該是這樣。」

聽到伊波的話，大家都忍不住緊張起來。

Q、光流、春來和安川看著周圍的牆壁、天花板和桌面，拚命尋找像是小黑點的牛虻，有禮的視線則被吧檯後方的廚房吸引。

「先檢查這裡。」伊波說。

回過神來，才發現伊波和有禮一樣都先看吧檯後方。

「光流，」伊波轉頭向光流發出指示，「你來吹奏天音，大家仔細看牛虻會從哪裡跑出來，千萬別錯過了。我負責看那裡。」

伊波確認光流拿起了長笛，才從吧檯旁走進廚房。

光流開始吹奏天音，她以緩慢的節奏吹出一個又一個音符。

Mi、Do、Fa、Do、So，Re、Re、La、So、Mi，So、Do、Re、Si、Re，Mi、Re、Mi、Do、Fa，La、Re、La、Fa、Mi，Mi、Do、Mi、Re、Si、Re、So……

這次旋律也在中途停止了。

有禮聽著長笛吹奏出的天音旋律，感受到一種近似焦躁的心情。我果然知道這個旋律！我知道、我知道！為什麼？為什麼我會知道呢？

雖然接觸過的所有資訊都會永久保存在自己腦中，但為什麼找不到答案呢？從未體會過的焦急刺向有禮的胸口。

「沒有。」

聽到安川說話的聲音，有禮猛然回過神。

「到處都沒有牛虻……」

「牠是不是已經離開這個房間了？」

Q在說話的同時，依然看著四周搜尋。

「但是牠會從哪裡離開？」

春來依次看向緊閉的落地窗和通往公寓內部的玻璃門。

在廚房內四處檢查的伊波看向流理臺。

「啊……」

伊波的肩膀抖了一下，嘴裡發出驚呼的聲音，所有人都同時看向他。

「找到了嗎？」

光流緊握著長笛尖聲問道，準備再次吹奏天音。

「找到了……」

伊波鎮定的回答。他沒有回頭看七嘴八舌的其他人，只是輕輕從口袋裡拿出某個東西握在手上，然後屏住呼吸，悄悄向流理臺探出身體。

他一定是想用米粒，或是伺機用點火槍把牛虻燒死。

有禮等人也屏息看著伊波的行動。

這時，伊波緊張的後背突然放鬆，聳起的肩膀也放了下來，他重重的吐了一口氣，轉頭看向其他人。

「……已經死了。」

有禮他們仍然屏氣凝神，等待伊波說出結論。

「咦？」

光流放下原本準備要吹奏的長笛，看著伊波。

伊波對有禮他們再說了一次。

「這隻牛虻已經死了。」

7
追蹤

「這是怎麼回事？」

站在最後面的春來疑惑的偏著頭。

伊波又重複了一次剛才的話。

「牛虻死了，黃泉神又附身到其他動物身上，他在這裡更換了載體。」

有禮他們全都倒吸了一口氣，相互看著彼此。

「牠真的死了嗎？」

Q走進廚房，朝流理臺的方向靠近。伊波走到一旁讓出位置，Q探頭看流理臺時發出了低吟。

「嗯，的確死了，但牠的一隻眼睛並沒有瞎。」

伊波不耐煩的說：

「牛虻是複眼，所以看不出來啦。牛虻的眼睛裡有很多單眼，即使其中一個瞎了我們也看不出來。」

有禮開口問：

「他是不是附身到其他動物身上，沿著排水孔逃到外面去了？」

「不可能。」

伊波馬上回答，然後補充說明：

「……我認為這件事不會發生，設了結界之後他根本沒辦法離開，即使沿著管線也沒辦法逃離這棟公寓。」

「如果他還在這裡，那為什麼沒有現身呢？剛才吹奏天音的時候，完全沒有任何東西跑出來。」

聽完光流的問題，伊波想了一下才開口。

「八成是因為天音……因為天神的咒語太短，所以無法充分發揮功效。你第一次在公寓前吹奏長笛時，他們很慌張，所以才從藏身的樹上飛了出來，但是第二次、第三次吹奏天音後，他們應該發現了天神的咒語會在中途中斷，知道只要忍耐一下就可以撐過去……」

「那怎麼……」光流話才說到一半，伊波就把手指放在嘴脣上「噓」了一聲。

所有人都緊張的閉上嘴巴，屏住氣息。

談話室陷入一片沉默，有禮在寂靜中豎起耳朵。

7
追蹤

他聽到了聲音……有個聲音沙沙作響，像是在摩擦東西，又像是在抓東西似的。有禮看向聲音傳來的方向。

聲音是從廚房深處傳來的，所有人都看向相同的地方。

流理臺嗎？是在流理臺內嗎？

站在廚房裡的伊波和Q，想要再次確認發出輕微聲響的流理臺。有禮四人，隔著吧檯目不轉睛的看著他們兩個。

伊波緩緩向流理臺探出身體，接著發出「呃……」的呻吟。

「這是什麼？」Q發出慘叫。

「怎麼了？」

安川在吧檯上探出身體。

就在這時，春來指著廚房後方的牆壁大叫。「啊！那、那裡！排氣管的地方有什麼東西爬出來了！」

「啊……」有禮也倒吸了一口氣。

不知名的物體從廚房牆壁的排氣孔溢了出來，看起來像是黑色和橘色花紋交錯的繩子，或是像線一樣的東西，而且還不停的掉落在地上。

從吧檯探出身體的安川，向Q和伊波大叫。

「你們在幹麼？趕快回來，來這裡！快點，你們會被咬的！」

那些花紋交錯的繩子開始在地上蠕動，身體扭來扭去的，就像黑色海浪般在廚房的地上擴散。

安川大叫：

「是蜈蚣！」

伊波避開在地上擴散的蜈蚣大軍，從廚房衝了出來。

「哇、哇、哇、哇！」

Q也急忙逃了出來。

「蜈蚣也從流理臺的排水孔爬出來了！」

Q大聲報告的時候，光流也指著流理臺大叫。

「你們看，那裡！」

爬到流理臺邊緣的蜈蚣掉到地上，而且數量不只一條，數不清的蜈蚣大軍接連

7
追蹤

從流理臺溢出來，像瀑布一樣湧向地面。

有禮茫然的看著像是黑色海浪在地上擴散的蜈蚣大軍。

「啊、啊、啊、啊、啊！」

春來連續發出五聲慘叫。

「你們看窗戶、窗戶！」

所有人都回頭看向春來視線所指的方向。

「嗚哇……那是怎麼回事？」

安川費力的擠出聲音，小聲嘀咕道。

有禮他們剛才走進來的露臺落地窗上擠滿了蜈蚣。面向露臺的那排窗戶上，設置了兩個排氣用的排氣管，蜈蚣沿著外牆從排氣管不斷爬進來，玻璃窗外側有更多蜈蚣黏在上頭，蠕動的蜈蚣擋住了光線，室內變得有點昏暗。

從排氣管滿出來的蜈蚣，和沿著窗戶爬下來的蜈蚣，已經開始在地板上蔓延。

「這裡！」

伊波大叫著跑向通往公寓內部的出入口，但是——

「不行，打不開！」

厚實的玻璃門似乎上了鎖，不管伊波再怎麼用力推也推不開。

「怎麼辦？這麼多蜈蚣，到底為什麼會有這麼多蜈蚣啊！」

Q看著爬滿蜈蚣的談話室，生氣的大叫。

「牠們應該是黃泉神召喚來的。」伊波說：「雖然黃泉神轉換到蜈蚣身上，但因為結界的關係無法離開，所以他就呼朋引伴把自己隱藏起來。」

「但這數量也未免太多了。」

安川不知道是對伊波還是對黃泉神表達不滿。

伊波回答道：

「讓蜈蚣、蝗蟲、蚱蜢和螞蟻在同一個地方大量出現，是黃泉神擅長的本領。這裡離山很近，他一定是打算把這一帶的蜈蚣全都集中到這裡，在這個房間……」

「真是夠了！」

光流生氣的大叫，不斷後退避開逼近的蜈蚣。

「啊、啊、啊、啊、啊！」

7
追蹤

春來再次發出五聲慘叫，最後終於忍不住從地面跳到椅子上避難。

「現在該怎麼辦？這樣我們沒辦法出去啊！」

Q也跟著春來爬上椅子。蜈蚣的數量仍然在不斷增加。

牆壁、窗戶、地上、窗簾……到處都是蜈蚣。

有禮、伊波、光流和安川也都站在椅子上，拚命把爬到腳邊的蜈蚣踢下去。

有禮問站在旁邊那張椅子上的伊波。

「怎麼辦？無論如何我們都要想辦法出去啊，現在這樣根本沒辦法消滅黃泉神。」

站在附近椅子上的安川，聽到有禮這麼說立刻開口問：

「要怎麼出去？這裡的門不是關著嗎？露臺的窗戶擠滿了蜈蚣，誰要去開窗？」

「春來，你把這裡的門打破吧？」

Q這麼一說，春來就大叫著反對。

「不要、不要、不要、絕對不要！地上都是蜈蚣，我不要踩在蜈蚣身上走過去，我放棄！」

「那你要一直留在這裡嗎？」

Q大聲吼道。

「安川！」

伊波突然叫出安川的名字。

安川正在踢爬到腳邊的蜈蚣，聽到伊波叫他便抬起了頭。

「你來攔截訊號。」

安川聽了伊波的話，露出一臉茫然的表情，微微偏著頭說：

「啊？你說什麼？攔截？」

「你來攔截操控這些蜈蚣的訊號，就像天神為了讓我們集合而發出訊號一樣，黃泉神應該也有發出召集這些蜈蚣的訊號。你應該可以接收到吧？就像接收天神的訊號一樣，你接收黃泉神的訊號，然後把訊號攔截下來，改成由我們來操控這些蜈蚣。你聽得懂我的意思吧？」

雖然伊波問安川「你聽得懂我的意思吧」？安川卻露出不明所以的表情。

「什麼？接收訊號？黃泉神的訊號？嗯……我或許有辦法做到，但是要怎麼操

7
追蹤

控蜈蚣？我沒辦法操控蜈蚣喔。我不是說過嗎？猴子大腦的作業區域和人類幾乎一樣，所以我大概知道要刺激哪裡，但我完全不了解這些蜈蚣的腦部……」

「有光流在。」伊波說。

「咦？什麼？」

正打算從椅子爬到桌上的光流，驚訝的看著伊波。伊波開口說：

「安川把接收到的訊號傳給光流，光流再把訊號變換成天音。天音應該可以操控蜈蚣。」

「啊？你在說什麼啊？」

光流的臉上也露出困惑和混亂的表情。

「你要我吹長笛操控這些蜈蚣大軍嗎？不行啦，我又不是耍蛇人或耍蜈蚣人。」

伊波很有耐心的繼續說明。

「我以前聽說過名叫『送蟲』和『送鼠』的咒法，這是控制黃泉神大量召喚來的昆蟲和小動物的方法。操控時要使用樂器，像笛子、喇叭或是鼓聲來操控，我相信黃泉神的話和天神的話在語言體系上很相似，所以有些巫覡可以同時接收到黃泉神和天神的話語，然後以天音的方式重現。所以……」

伊波停頓了一下，輪流看著光流和安川。

「只要安川和光流聯手，也許就可以做到這件事。安川把光流聽不到的黃泉神的話……也就是把黃泉神的訊號傳給光流，這樣傳遞過去的訊號聽在光流耳中一定會變成音樂，所以可以用長笛重現。」

短暫的沉默後，光流不安的問：

「如果沒辦法做到呢？」

伊波聳了聳肩說：

「到時候就只能逃了。即使被蜈蚣咬、被蜈蚣刺，不管怎麼樣，都要從剛才進來的窗戶逃出去，就只能這樣了。」

伊波說完，順勢把一條爬到桌上的蜈蚣踢到地面。

「啊、啊、啊、啊！」

站在談話室角落桌上的春來尖聲大叫。

「爬上來了，蜈蚣爬上來了！我可以用東西丟牠們嗎？我也可以用椅子把天花板砸爛，然後讓天花板掉下來砸死牠們！」

「不行！」

伊波大聲斥責春來後，再度看著光流說：

「快點，再不快點進行，春來就要開始破壞談話室了。你知道嗎？這棟公寓不便宜，如果被她弄壞了，後果不堪設想。」

有兩、三隻蜈蚣也爬上了光流站著的桌面，她抬腳踢下蜈蚣，用力深呼吸後，終於舉起了長笛。

「ＯＫ，安川，你把訊號傳給我……」

8 送蟲

光流把長笛舉到嘴邊，閉上了眼睛。安川則睜大眼睛，目不轉睛的盯著那群蜈蚣，試圖接收操控那群蜈蚣的訊號。

有禮和其他人默不作聲的看著他們。

談話室、廚房內……整個房間擠滿了不計其數的蜈蚣，牠們移動時發出的嘈雜聲，窸窸窣窣的包圍了有禮他們。厭倦在地上爬行的蜈蚣攀上牆壁、窗簾和室內的擺設，扭動著身體向上爬行。

有禮和其他人都用腳尖把順著椅腳爬上來的蜈蚣踢下去，帶著祈禱的心情等待光流的長笛吹出樂曲。

撲通……有個東西從上方掉落到有禮的肩膀。那個東西在穿著連帽衫的肩膀上彈了一下，然後掉到運動褲上。低頭一看，果然是蜈蚣。

有禮心跳加速，急忙把手縮進袖子把蜈蚣撥開，避免用手直接碰觸蜈蚣。

他戰戰兢兢的抬頭看向天花板，看到了不想見到的畫面。爬上牆的蜈蚣已經開始在天花板上爬來爬去，不過即使牠們用幾十隻腳抓住牆面，也無法對抗地心引力，天花板上的蜈蚣不時像黑色雨滴般撲通、撲通的掉下來。地上是蜈蚣，頭上也是蜈蚣……

這裡簡直變成了蜈蚣王國，就像須佐之男命把大國主命關進去的那個考驗的房間。

就在這時——

光流突然睜開眼睛看著安川，兩個人的視線交會，下一剎那，光流輕輕吸了一口氣，然後再度閉上眼睛。

光流吐氣的同時，長笛的聲音響徹爬滿蜈蚣的房間。最初響起的音符是Re。

Re、La、Fa，Re、La、Fa，Re、La、Fa，Re、La、Fa……三個音階不斷重複打轉，接著又聽到了Mi的音。

Mi、Si、So，Mi、Si、So，Mi、Si、So，Mi、Si、So，Fa、Do、La，Fa、Do、La，Fa、Do、La，Fa、Do、La……

長笛用清澈的聲音走上宛如螺旋的音符階梯。

當音階爬到La、Mi、Do之後，接著便開始下降。

Re、Si、So，Re、Si、So，Re、Si、So，Re、Si、So，Do、La、Fa，Do、La、Fa，Do、La、Fa，Do、La、Fa……

這個旋律比天音簡單多了。

三個音一組的旋律不斷重複，音域從Do開始，一直到高八度的Mi為止，是由Do、Re、Mi、Fa、So、La、Si、Do、Re、Mi這十個音組成的旋律。有禮傾聽著震動周圍空氣的長笛聲，覺得似乎有哪裡不太對勁。

為什麼天神的天音沒有固定的模式？

天音也是由十個音組成，音域是從Si到高八度的Re為止，是由Si、Do、Re、Mi、Fa、So、La、Si、Do、Re這十個音組成旋律。同樣是十個音，但天音的旋律完全沒有固定模式。就像光流說的，完全沒有出現相同的樂句——也就是相同的旋律，只是零碎的音符連在一起。為什麼會有這樣的樂曲？

他對這件事百思不解，總覺得再有一點線索就可以搞清楚其中的原委。為什麼會覺得從來沒有聽過的天音很熟悉呢？有禮覺得自己快要找到答案了，所以聚精會神的思考著，暫時忘了蜈蚣的事。

「很好！」聽到伊波的聲音，有禮猛然回過神。他環視四周，發現蜈蚣大軍出現了變化，原本爬來爬去的蜈蚣大軍停了下來。

蜈蚣們停下腳上的動作抬起頭，靠著觸覺探測空氣……不對，也許牠們是在聽聲音，光流發出的訊號對這些蜈蚣產生了影響。

最好的證明，就是蜈蚣抬起的頭都朝著同一個方向。光流是蜈蚣注視的焦點，光流在牠們的包圍下，用長笛吹奏出彷彿沿著螺旋階梯走上走下的旋律。

伊波對繼續吹奏長笛的光流說：

「光流，你就這樣引導牠們走到露臺外面。別擔心，只要你一邊吹一邊移動，牠們就會跟著你走。只要把牠們帶去山腳下，牠們就會自己鑽到落葉和石頭下。」

光流吹奏著高低起伏的旋律，抬眼看著伊波。伊波看到她露出疑問的眼神，點了點頭說：

「沒問題，你慢慢從那裡走下來，小心不要嚇到牠們就好。牠們會自動為你讓路，並且跟著你走。」

光流聽到伊波的話，似乎下定了決心。她先從桌子走到椅子上，然後在椅子上一動也不動的看著爬滿整個地板的蜈蚣大軍。

Re、La、Fa，Re、La、Fa，Re、La、Fa，Re、La、Fa，Mi、Si、So，Mi、Si、So，Mi、Si、So，Mi、Si、So，Fa、Do、La，Fa、Do、La，Fa、Do、La，Fa、Do、La。

長笛吹奏的旋律似乎變快了，站在椅子上的光流靜靜的將左腳伸向地面。

蜈蚣大軍開始移動。伊波說得沒錯，蜈蚣們紛紛退開，似乎在為光流讓出一條路。光流把腳踩在蜈蚣騰出的空位，其他蜈蚣又繼續為她讓路，彷彿知道光流準備行進的方向。

從桌子到面向露臺的窗戶之間，蜈蚣大軍騰出了一條路，讓光流在這條路上前進。

8
送蟲

So、Re、Si，So、Re、Si，So、Re、Si，So、Re、Si，La、Mi、Do，La、Mi、Do，La、Mi、Do，La、Mi、Do，Re、Si、So，Re、Si、So，Re、Si、So，Re、Si、So……

長笛的旋律持續響起，光流也不停的向前走，終於走到了面向露臺的窗戶。當光流站在落地窗前時，那些爬在窗戶上的蜈蚣紛紛掉了下來，整片玻璃變得一乾二淨。光流繼續吹奏長笛，靈巧的用手肘推開窗戶。淤積在室內的空氣開始流動，窗外的風吹了進來。

光流終於走到了戶外，長笛的聲音漸行漸遠。

蜈蚣大軍開始動了起來，牠們發出窸窸窣窣的聲音，跟在光流身後移動。

Q站在桌上，低頭看著在地面移動的蜈蚣大軍。

「太猛了，簡直就像是蜈蚣地毯。」

有禮也被蜈蚣驚人的數量震懾了，開口詢問伊波。

「那傢伙呢？黃泉神也在這裡面嗎？被黃泉神霸占身體的那條蜈蚣……」

「當然啊，」伊波得意的低頭看著向外移動的蜈蚣大軍，「大軍移動的時候他也會一起移動，既然要躲在群體裡，當然不可能獨自留下。」

「你能分辨嗎？根本不可能從這麼多蜈蚣裡，找到那條成為載體的蜈蚣啊？」

伊波忍不住呵呵笑出聲，心情愉悅的點了點頭。

「別擔心、別擔心，他沒辦法離開結界的。即使其他蜈蚣都離開了，那傢伙也無法離開這棟房子。所以只要淨化最後剩下的那條蜈蚣，把牠燒死就搞定了。」

是喔……原來是這樣。有禮終於了解狀況，看著在地上慢慢蠕動的蜈蚣大軍。

伊波應該是打從一開始就做好了這樣的打算。當他要求安川和光流送蟲時，可能就已經計劃到這一步了。

只要送蟲成功，就可以找到那個傢伙。

蜈蚣大軍移動得比想像中更加迅速。剛才從排氣管一下子湧進來，爬滿了整個房間，如今也在轉眼間就消失在露臺外，宛如黑色海浪退潮一般。

「你們看。」

伊波從桌面跳到地上，指著露臺的角落。

「有一條蜈蚣在那裡磨磨蹭蹭的。」

8
送蟲

有禮、Q和安川也分別跳下桌子，走向打開的窗戶。站在房間角落桌上的春來，也終於走了過來。
落地窗外灑滿初夏寧靜的陽光，透明刺眼的陽光照亮了露臺的每個角落。
剛才爬滿四周的蜈蚣已經消失無蹤。
除了露臺角落的那一條……
「就是這傢伙。雖然他也發出了訊號，不過訊號太弱了……」
安川走到露臺上說。
光流吹奏長笛的旋律，乘著風從後山傳來。
伊波走到露臺上，感受著柔和的微風。
他把從口袋裡拿出的米粒丟向蜈蚣，開始唸誦祭文。
「嗡、達基呢、巴扎拉、達托、班，
嗡、達基呢、阿比拉、嗚坎。
嗡、奇里卡庫、索瓦卡，
嗡、達基呢、嘉其掐卡、內依唉伊、索瓦卡。」

最後，伊波拿出點火槍點燃了蜈蚣。

有禮和其他人，默默注視著縮在露臺角落的蜈蚣發出滋、滋、滋的聲音，漸漸燒成了灰。

伊波用力踩著已經變成灰的蜈蚣，大聲說：

「喂，光流！搞定了！」

後山的方向吹來一陣風，長笛的聲音停止了。

有禮他們關上落地窗，從露臺離開公寓。

有禮在離開前回頭看了一眼。大老爺公寓的談話室，在午後陽光的照射下找回了寧靜。

有禮忍不住想，會有人發現露臺上的米粒，還有露臺角落被燒成灰燼的蜈蚣嗎？

即使有人發現，應該也無法想像今天在這裡發生的事。如果和自己無關，有禮也永遠不可能知道現實生活中會發生這種事。

他收回視線，在看向停放腳踏車的大門時突然想到一件事，於是開口詢問走在他前面的伊波。

「黃泉神今天不是從蝙蝠附身到牛虻身上，然後又附身到蜈蚣身上嗎？他們會不會附身到更大的動物身上？比方說牛群或羊群？」

伊波轉頭瞥了有禮一眼，然後放慢腳步。有禮和伊波並肩走著，兩人之間保持了一段距離。伊波開口說：

「最多只會附身到老鼠或鳥群身上，到目前為止，並沒有關於附身到牛羊身上的報告，至於人類……只有一次而已。」

走在斜前方的Q聽到他們的談話，露出激動的表情插嘴。

「咦？什麼？曾經附身到人類身上一次嗎？黃泉神嗎？那不是很不妙嗎？」

「不是發生在日本。」

伊波看了看有禮和Q，才接著繼續說下去。

「那是很久很久以前的事，所以有人說可信度不高，但我家祖傳的資料中，記載了唯一一次黃泉神附身到人類身上的實例，我爺爺說無法完全否定這件事的可能性。」

「不是在日本，那是在哪裡？哪裡曾經發生過這種事？」

Q再度詢問，伊波在有禮和Q之間小聲的回答。

「是在德國。十三世紀的德國，有一個叫做哈默爾恩的地方。」

「啊……」有禮忍不住叫了一聲，「哈默爾恩嗎？是哈默爾恩的吹笛人傳說嗎？」

「那是什麼？」

Q一臉呆滯的看著有禮。伊波出人意料的話語讓有禮的心情七上八下，無法回答Q的問題。

伊波快步走向摔壞的機車，但有禮忘了走向自己的腳踏車，依然愣在原地。

從公寓後方走來的光流訝異的看著有禮。

「發生什麼事了？」春來也問有禮。

「你和伊波吵架了嗎？」安川問。

「不是、不是，」Q用奇怪的關西腔回答後，接著向他們說明，「他們在說黃泉神載體的事。很久很久以前，德國有個叫做哈默什麼的地方，曾經發生過黃泉神附身到人類身上的狀況。伊波說了這件事之後，有禮就傻在那裡了。」

「哈默什麼？那是地名嗎？」

春來似乎也無法理解。

有禮終於整理好思緒，開口回答。

「是哈默爾恩。那是位在德國西北部的城鎮，流傳著一個不可思議的傳說。」

「啊……我有聽說過！」

安川大聲說道。

「我也想起來了！」

前一刻還一臉呆滯的Q，也不甘示弱的叫了起來。

「是不是有樂隊的城鎮？有驢子、狗和雞什麼的……」

有禮嘆了一口氣，安川則直接吐槽Q。

「不是！你說的是不來梅樂隊，哈默爾恩是吹笛人的傳說吧？當地出現了大量的老鼠，結果吹笛人把老鼠消滅了。」

「吹笛人？那個人靠吹笛子就把老鼠消滅了嗎？」光流問。

看來光流也不知道哈默爾恩的傳說。

伊波撿回機車的鏡子後，轉頭看著大家說：

「你們都不知道哈默爾恩的吹笛人傳說嗎？哈默爾恩以前曾經出現大量的老鼠，當時有個男人來到鎮上，說只要鎮上的人付他報酬，他就可以消滅老鼠。鎮上的人答應和他交易，所以那個人就吹著笛子帶領老鼠離開城鎮，然後把所有老鼠都沉到河裡，一隻也不剩。」

光流皺著眉頭，露出沉思的表情注視伊波。

「所以……那個吹笛子的人是巫覡嗎？他用笛子操控了黃泉神附身的老鼠群，把牠們沉入河底嗎？」

「據說是這樣，在巫覡的歷史上認為是這麼一回事。」

「但是……那個傳說不是還有下文嗎？」

安川微微偏著頭問伊波。

「雖然他消滅了老鼠，但鎮上的人並沒有支付報酬給吹笛人，結果男人很生氣，又吹笛子把鎮上所有的孩子都帶走了對吧？」

「咦？綁架嗎？他綁架了那些孩子嗎？那個吹笛子的人？這不是犯罪行為嗎？」

春來氣憤難平的說。

伊波一派輕鬆的回答。

「對啊，吹笛子的男人吹著笛子，帶著整個城鎮的小孩去了山上，然後那個男人和那些孩子再也沒有回來，大家都消失了。」

「這傢伙根本是壞蛋……」

安川不服氣的說。

有禮用力吞了一口口水。剛才聽伊波提到這件事時，腦中浮現的不吉利想法重重的壓在他心頭。

他終於無法忍受，把這個想法說了出來：

「所以……是不是轉移了？黃泉神從老鼠轉移到那些小孩的身上？」

所有人聽到這句話，都忍不住倒吸了一口氣。有禮繼續說下去。

「在沉入水中被完全消滅之前，有黃泉神從老鼠的身上轉移到小孩身上，所以那個吹笛子的男人……巫覡必須帶走那些被黃泉神附身的小孩……是不是這樣？」

伊波看著有禮，稍微停頓了一下，然後陰沉的笑著說：

「賓果！不愧是有禮，答對了。」

雖然伊波說話的語氣很輕鬆，眼睛卻毫無笑意。

「這是唯一一個黃泉神附身在人類身上的實例，但這是八個世紀前的事，而且也沒有詳細的紀錄，所以不知道有幾分真實性。無法確認被帶走的那些孩子是不是都被黃泉神附身了，還是只有部分的人被附身。如果只有幾個孩子被附身，為什麼吹笛人不是帶走被附身的孩子，而是把整個城鎮的孩子都帶走呢？這件事有很多不解之謎，但巫覡之間都認為這件事和黃泉神有關。在哈默爾恩的這起事件之後，歐洲發生了黑死病。首先是出現預兆，然後黃泉繭會破裂。」

所以當時也是天神落敗……有禮心想。

伊波之前說過，在天神和黃泉神持續的競爭中，向來都是黃泉神占優勢。絕對不能忘記我們面臨的是一場局勢非常不利的戰爭。

雖然知道情勢不妙，但要接受這樣的事實仍然很痛苦，而且接下來還必須由自己和其他人一起封印黃泉神，令有禮覺得更加的難受。

「啊啊啊，摔成了這樣……」

伊波扶起摔壞的機車嘆了一口氣。令人驚訝的是，被春來打倒的山豬不見了。雖然對機車來說是致命的衝擊，但對山豬來說似乎並非如此。山豬醒來之後，應該是回去山上了吧。春來看到破爛的機車，尷尬的聳了聳肩。

「為什麼要丟我的機車？」

「嘿嘿，那時候如果不把機車丟過去，大家都很危險啊。」

春來用撒嬌的聲音開始辯解。

「我想即使丟腳踏車，山豬應該也沒什麼感覺，不過機車很重……」

「春來，你是在報私仇吧？」

Q說出了和有禮相同的疑問。

「什麼？報私仇？那是什麼意思？」

春來裝糊塗，驚訝的偏著頭。

「因為伊波燒掉你的手提袋，所以你才丟機車報復不是嗎？」

「討厭啦，」春來笑著搖頭，但看起來就是在說謊，「我才不會做這種事呢。」

「你騙人。」伊波的話還沒說完，安川就在一旁插嘴。

「好了、好了、好了、好了，別吵了，不可以懷疑隊友。」

有禮驚訝的看著安川。

「你說不可以懷疑隊友，但你一直在欺騙隊友耶。為什麼你之前一直隱瞞自己是巫覡這件事？」

「時機，要考慮時機嘛，」安川若無其事的回答有禮，「我在考慮最佳時機。英雄難為啊，必須注意身邊許許多多的事……」

「啊？英雄？你是說猴子嗎？」Q問。

安川反駁說：「誰是猴子啦！」

有禮嘆了一口氣。

「你為什麼會在那裡？」伊波問安川，「你有接收到天神的訊息嗎？」

「沒錯，」安川點了點頭，「天神叫我『快來』。雖然我也搞不清楚狀況，但一直不停的呼叫，我也只好出門了。按照天神的引導走著走著，就來到了這裡。我是第一個抵達的，那時候剛好電梯故障停在那裡，引起了一陣混亂。之後我一直在綠化區和公寓後面晃來晃去，一邊觀察情況一邊待命。」

「原來是這樣。」伊波說：「光流用音樂的方式接收，皮可用畫面的方式接收，而你則是透過訊號的方式接收相同的訊息。」

從後山回到大家身邊的光流，生氣的問伊波：

「天神為什麼老是這樣故弄玄虛？既然要發出指令，應該更加明確易懂啊！」

光流對著伊波質問，好像這一切都是他的錯。

伊波看著光流生氣的樣子，似乎覺得很有趣。

「嘿嘿嘿，這不是天神的錯，而是接收指令的我們有容量問題……」

「容量？」

光流生氣的反問。

伊波點了點頭，繼續說下去。

「沒錯，我們人類的容量不足，無法充分理解天神的話。我相信天神一定有向我們傳達整個作戰內容，只不過我們不具備處理這些資訊的能力。就好像電腦一樣，如果容量不足，再好的軟體不是也無法使用嗎？這兩種情況是一樣的。更進一步來說，我們和貓、狗不是無法談一些深入的內容嗎？雖然牠們能理解一些簡單的話和指示，但如果要和牠們分享政治、經濟，或是文化和歷史這種複雜的資訊就沒辦法了。因為貓、狗的理解能力和人類理解能力的程度不同，這也是無可奈何的事。也就是說，天神和人類的容量完全不同，又沒有共同的語言，不像只要學會英文就可以和外國人溝通這麼簡單。我們試圖理解天神的語言，就好像狗想要理解人類的語言……不，應該是像牛虻想要理解人類的語言這麼困難。」

「那要怎麼辦？這樣我們不是根本沒辦法了解天神的作戰內容嗎？有辦法在不知道內容的情況下作戰嗎？」

即使光流說出內心的不安，也沒有人能回答她的問題。伊波也沉默不語。

「反正……」Q開口說：「我要先去洗衣店了。如果太晚回家，我姊姊會罵人。」

「說得對，」伊波點了點頭，「我也要在躲回大叔內心深處之前，把這輛機車送去修理廠修理……」

春來完全無視伊波的憤恨眼神，自顧自的說：

「那我也回家了。」

「啊……長笛的盒子……」

光流走去撿和機車一起飛出去的長笛盒子。

「啊……肚子好餓。」安川說。

有禮想起自己只吃了穀片，但他現在已經不想吃午餐了。

「那我走了。」伊波戴上安全帽，騎上破爛的機車。雖然機車已經面目全非，但引擎發出好像被嗆到的呻吟和咳嗽般的聲音後竟然發動了。看來它並沒有受到致命傷。

有禮和其他人站在大老爺公寓前，目送機車發出咕嚕咕嚕、啪嗟啪嗟的聲音漸漸遠去，消失在公車道的盡頭。

後山傳來風吹過樹木發出的沙沙聲，還有不知道從哪裡傳來了短腳鵯的啼叫。

天神此刻也在對巫覡訴說什麼訊息嗎？

有禮這麼想著，用力吸入午後潮溼的風。

9 X-Day

遠足的隔週，梅雨又捲土重來，淅淅瀝瀝、滴滴答答下個不停的雨，好像滲進了體內，心情也格外沉重。

星期一，有禮來到學校之後，發現伊波已經完全變回伊波老師了。

「田代！」

有禮聽到伊波老師叫自己的名字，嚇得聳起肩膀。伊波老師露出試探的眼神，注視著有禮的臉。

「你星期六有打電話給我吧？」

喔，原來是為了這件事。有禮在遇到皮可之後，撥打了伊波老師的手機想找伊波，結果伊波就出現了。伊波接了電話……也就是說，在伊波的人格接手後，伊波

9
X-Day

老師就失去了記憶。

「對，我打過電話。」

有禮小心謹慎的點了點頭。老師當然記得有禮打電話這件事，所以沒辦法說謊。

「你找我有什麼事嗎？」老師用試探的語氣詢問。

有禮思考著該怎麼回答，所以沉默了片刻，沒想到伊波老師發出掩飾的笑聲，太陽穴也不停的抖動著。

「哈哈哈，不是啦……因為我前天有點忙的時候接到了你的電話，所以不小心……沒聽清楚你說什麼。有什麼重要的事嗎？」

有禮覺得伊波老師慌張的樣子很可憐。

「沒有……」有禮搖了搖頭，「因為遠足要結束時我們發生了一些糾紛，給老師添了麻煩，所以想對老師說聲對不起，就只是這件事而已。」

「呃……不是……這樣啊，遠足結束時的糾紛……喔，沒事啦，謝謝你特地打電話來……真抱歉，我那時也正在忙……所以沒有好好聽你說。」

伊波老師看起來更慌張了。這也難怪，因為在遠足結束時，他和光流一起被送去隱身所，之後就失去了記憶。

不知道伊波老師對自己在星期五和星期六這兩天內，頻繁出現很多記憶斷層有什麼感覺？他一定很不安吧，再加上看到機車摔爛了，肯定會很擔心自己在失去記憶的時候闖下什麼禍。老師會問有禮這個問題，也是希望從中尋找線索，找回自己失去的記憶。

不知道伊波有沒有把機車修好？

有禮注視著老師的眼睛，似乎想要看透躲在眼前這個大叔內心深處的另一個伊波，但又立刻移開了視線。

想到那個伊波一定在看著自己偷笑，就覺得渾身不對勁。

這個星期的雨下了又停、停了又下，天氣一直很不穩定。星期五要舉行單元測驗，在考試前要暫停社團活動，所以有禮整天無所事事。

又不是正式的考試，根本不需要為了五科的測驗暫停社團活動。有禮對這件事很生氣。這次的單元測驗是考國文、數學、社會、自然和英文，老師可能是覺得等期末考試一起考範圍太廣了，但有禮只覺得這是一件麻煩事。他觀察了全校的學生，發現七年級以上的學年，都充滿了測驗前的緊張氣氛。

光流正在專心背用螢光筆畫了重點的講義，好像是社會還是自然吧。Q坐在教室的角落，不停的向有禮和光流發問。

「我問你們，最初的人類是什麼時候出現在地球上的？」

光流假裝沒聽見，繼續看自己的講義。

「有禮，你知道嗎？最初的人類。」

有禮被Q點名後，無可奈何的回答。

「目前發現人類最古老的化石，是二〇〇一年七月在查德共和國發現的查德人猿，據說這種人猿在七百萬年前生活在非洲。在此之前，一九七四年在衣索比亞發現了三百二十萬年前的南方古猿化石，被認為是最古老的人類，不過新的發現改寫了考古學的歷史，所以目前認為七百萬年前出現在非洲中部的查德人猿，是最古老的人類。」

有禮說完之後，Q足足沉默了五秒鐘調整自己的心情，做了幾次呼吸。「嗯，應該沒錯吧。」然後他又問了下一個問題。

「那大寶律令是在哪一年制定的？」

「咦？怎麼從七百萬年前一下子跳到八世紀？」

有禮驚訝的反問，光流終於忍不住抬起了頭。

「拜託你們兩個！如果不安靜的背功課，就去走廊上！你們這樣我根本沒辦法專心！」

有禮生氣的說：

「什麼我們兩個！我又沒……」

有禮還沒說完，Q就打斷了他。

「光流，你在背什麼？喔，自然啊，要不要我出題目考你？我們來出題互考。」

「我不要跟你們互考！不用出題目來考我，我還在背！拜託你們閉嘴，原本複習數學和自然就已經夠頭痛了！」

光流在考試前神經繃得很緊，Q不知道是被她的氣勢嚇到，還是對出題目感到厭倦，終於安靜了下來。有禮也低頭繼續看文庫本。

他在看《古事記》。他心血來潮想要重看一遍這本書，雖然他早就記住了所有的內容，但還是想再看一次。

教室敞開的窗戶外，雨滴滴答答的下個不停。

有禮覺得很安靜。為什麼聽到雨聲時，反而比沒聽到雨聲更安靜呢？

他從文庫本中抬起視線瞥向窗外，烏雲籠罩的昏暗天空，讓他想起了隱身所。

此時此刻，當大家身處現實世界的時候，隱身所也在不斷膨脹嗎？伊波在全校遠足的那一天，看到了隱身所內的情況，預測黃泉繭大約不到三個星期就會破裂。從那一天到現在，已經過了五天的時間。

接下來該怎麼辦呢？之後會發生什麼事？想到這裡，有禮也不由得像光流一樣頭痛起來。有禮吐出的沉重嘆息，就這樣被雨聲淹沒、消失了。

星期五的單元測驗，有禮不再故意把答案寫錯了。因為Q、光流和伊波老師體內的伊波，都已經知道自己的記憶力，耍這種小花招也失去了意義。隔週測驗卷發下來時，除了數學以外，有禮所有的學科都全對。他的數學因為粗心導致的計算錯誤，被扣了三分。Q的數學當然滿分，他興奮的喊著：「我贏過有禮了！」光流在國文中得了高分，其他學科的成績則是差強人意，只有數學的成績最差。

「光流，你數學考幾分？」滿分的Q興奮的問光流。光流眉頭緊皺，露出好像世界末日即將來臨的表情看著Q。

「不告訴你。」

「告訴我嘛。」

Q嘟起了嘴。

「我不是把國文、自然和社會的分數都告訴你了嗎？」

「我又沒叫你告訴我！」

光流堅持不說，沒想到Q竟然舉手對教數學的磯谷老師說：

「老師！請告訴我我們班上的數學平均分數！」

「不要告訴他！」

光流急忙出聲制止。

磯谷老師沒有公布全班的平均分數。這種事當然不能說，全班只有三名學生，平均分數根本沒有意義。一旦公布平均分數，就等於是公開了光流的分數，老師應該也有想到這一點。

沒想到Q的測驗分數並沒有想像中的差。他的英文竟然考了六十八分，以他差得出奇的記憶力，加上上課時極不專心的態度，有禮以為他的分數會差到極點，所以為此感到十分不解。

「你是怎麼記住英文單字的？除了音標以外，你連單字的拼法也寫對了吧？」

有禮很少這樣追根究柢，但他很納悶Q到底是怎麼記住「vacation」和「traditional」這些單字的拼法。照理說，問別人這種問題很沒禮貌，但Q完全不在意，很乾脆的告訴他。

「英文不是只有二十六個字母嗎？所以換成數字就很簡單了。對我來說數字的排列很好記，所以我把所有的英文單字都換成數字來記憶。例如『鋼筆』就是『16、5、14』，『假期』就是『22、1、3、1、20、9、15、14』。你看，這樣就能記住了。」

Q說完後心滿意足的點了點頭。

Q以自己的方式在努力，每個人都有自己努力的方式……有禮看著Q，不由得感到佩服。

這時，有個念頭在有禮的內心微微抬頭。那是個讓他很在意的念頭，讓他感到不太對勁的念頭，而且還是很重要的念頭……

但是他還來不及抓住，那個念頭就已經消失無蹤了。不管他再怎麼努力，或是試圖回想也來不及。它就像從指尖滑落的小石頭一樣，沉入水底就再也撿不到了。

那到底是什麼？即使他焦急的自問也找不到答案，只有雨聲再度靜靜的在耳邊響起。

這個星期就這樣過去了。

日常生活被平靜的雨聲包圍，很容易就會忘記逼近的危機。每次快忘記時又會回想起來，心臟因為不安的情緒糾結著。這陣子一直都這樣，有禮即使在晚上也睡不太好。

距離黃泉繭破裂的時限還有幾天？天神會在哪個時間點讓巫覡封印黃泉神？有禮他們要用什麼方法得知時間點呢？

如果避免和隊友接觸，是不是可以撐過關鍵的那一天？但是想到之後這裡將會出現的巨大災難，有禮就感到痛苦不已。

為什麼是我啊！為什麼選中我們？他對天神莫名其妙的指名感到生氣。而且有禮根本無法得知自己和其他人被天神指名後，是不是回應了天神的期待。巫覡隊真的能夠按照天神的指令完成作戰嗎？

無論有禮怎麼想、怎麼發問也不會有答案，他的內心就像梅雨季的天空一樣烏雲密布。

持續不停的梅雨，在遠足兩週後的星期五清晨終於停了。當太陽升起、霧氣散去後，栗栖台新城上空出現了久違的藍天。

氣溫開始上升後，雨後的潮溼空氣帶著熱度從敞開的窗戶吹進教室。第二節課時，校園櫻花樹上的蟬，搶先發出今年第一聲鳴叫，光流驚訝的看向窗外。

那一天，田徑社終於再次在操場上進行社團活動。這兩個星期，社團活動暫停了一次，之後又因為下雨，只能在室內做基礎訓練，所以有禮對能夠在戶外活動感到興奮不已。

放學後，田徑社和桌球社的成員一起整理操場，在跑道上重新畫上被雨水沖走的白線，並且清除水窪的積水。操場上沒看到九年級學生的身影，因為這個星期三他們去參加三天兩夜的畢業旅行。不知道只有兩名學生的畢業旅行是什麼感覺？搞不好可以自由活動，這樣反而很有趣。

等他們畢業旅行回來，再過兩個星期就是期末考。九年級要開始為考高中用功讀書了。

這一天，有禮在畫上白線的跑道上默默奔跑。

因為整備操場花了很多時間，桌球社可能覺得再去體育館準備桌球臺太過麻煩，所以今天也在操場上跑步。

大家各自在操場上奔跑時，有禮默默沿著地上畫的白色圓周奔跑。一圈又一圈，一圈又一圈，一圈又一圈……

跑步的時候，似乎可以稍微淡化淤積在內心的不安，但無法像平時一樣把心思完全放空。他不斷回想起光流演奏的天音，思考著自己為什麼會覺得這個旋律很熟悉，這個疑問一直在他腦海中揮之不去。

不知道跑了幾圈，正門旁的櫻花樹附近，又傳來了性急的蟬鳴聲。

夏天快來了。有禮這麼想著，抬起原本看著跑道的視線，往校舍的方向望去，

9
X-Day

剛好看到有人走到西側校舍三樓的陽臺上。那個人從陽臺探出身體，往有禮的方向看過來。

……光流？

有禮不明所以的緊張起來，他的腳步亂了，內心也感到很不安。當他打算把視線移回跑道上時，前方有個矮小的人影出現在他的視野角落，那個人影就站在正門旁的欄杆外。

「……皮可？」

有禮終於放棄了跑步，一邊小聲叫著皮可的名字一邊離開跑道，走向站在欄杆外看著這裡的一年級學生正田昌彥。

他調整呼吸，隔著欄杆面對皮可。皮可沒有從旁邊的正門走進來，而是隔著欄杆注視有禮。

「我看到了。」

正當皮可說出這句話時——

「開始了。」

另一個聲音在腦中響起。是猴子……不，是安川的聲音。

有禮大吃一驚，轉頭四處張望，看到安川站在操場東側的角落。他離開了桌球社的跑步隊伍，看著有禮的方向。

正在跑步的Q似乎也聽到了那個聲音。Q在跑道上停了下來，回頭看著站在那裡的安川，然後又露出詢問的表情看著有禮。

有禮再次抬頭看向校舍三樓，他很好奇光流是不是也聽到了剛才的聲音。

三樓的陽臺上出現了兩個人影。那是音樂教室外的陽臺，光流和春來站在那裡，兩個人之間保持了一段距離，她們應該也聽到了安川的聲音。

有人從校舍玄關的階梯走向操場。

是伊波老師。

有禮、Q和安川分別站在操場上，伊波老師從校舍走向操場。

皮可站在欄杆外，光流和春來站在陽臺上。

七尊巫覡此刻都在這裡。

「八年級的田代、廏舍！還有七年級的安川，你們三個過來一下！」

9
X-Day

當伊波老師大聲這麼說的時候，通知放學的廣播也剛好響起。擴音器傳來《螢之光》的旋律，震撼了操場上的空氣。

「其他同學準備放學！」

伊波老師一邊大喊一邊走向有禮，操場上的學生紛紛與老師擦身而過，往校舍跑去。

Q和安川也走向正門。連同皮可在內，當五個人都來到正門旁邊時，伊波老師最先詢問安川：

「你接收到什麼訊息？」

不對，發問的人不是伊波老師。他說話的方式和聲音並不是大叔，而是八歲的巫覡伊波。伊波應該也聽到了安川的話。

安川環視著在場的有禮、Q、伊波和皮可，他沒有開口說明，而是直接把天神的訊息傳送到其他人腦中。

「送神時刻即將來臨，巫覡準備。做好準備等待。」

即將？有禮還來不及開口，Q就搶先發問。

「即將是什麼時候？」

「不知道。」

安川出聲回答，聳了聳肩。

「你是什麼時候收到訊息的？天神是什麼時候傳訊息給你？」

伊波問安川。

「剛才，就是剛才在跑步的時候……啊，但是上午第二節課的時候好像也有收到訊號，但很快就斷了……」

伊波將原本看著安川的雙眼移向欄杆外的皮可。

「皮可呢？你看到了什麼？」

皮可似乎不覺得兒童版的伊波有什麼不對勁，他用平靜的聲音回答了伊波的問題。

「月亮和門。」

放學的音樂聲已經停了，夕陽照在操場上，潮溼的風吹過跑道，欄杆旁的櫻花樹樹梢不安的搖晃著。

9
X-Day

「那是什麼意思？月亮和門？」Q偏著頭問。

皮可看著他小聲的說：

「你打開了門。」

「咦？我嗎？我打開門是什麼意思？」Q問。

這時，有人啪噠啪噠的從校舍玄關跑了過來。是光流和春來，她們上氣不接下氣的跑向有禮他們聚集的正門。

「學長！」

春來同時叫著有禮和Q，只有Q向她揮手回應。

光流和春來同時跑到有禮他們面前，看到伊波也在場，露出了不知所措的表情。她可能是無法判斷此刻的伊波到底是大叔還是小孩子。

「不是老師，是伊波。」

聽到有禮的話，光流才放心的開了口。

「我剛才聽到天音了。上午上課的時候好像也有聽到一下，但是很快就斷了。剛才聽到很長一段旋律所以我很在意，但是現在又消失了……」

春來站在光流身旁，環視著在場的所有人，最後發現站在欄杆外的皮可，忍不住偏著頭問：

「為什麼大家都到齊了？有禮學長和Q學長在一起很正常，但為什麼安川、伊波，還有皮可也在這裡？這樣不是巫覡隊全員到齊了嗎？」

「因為接收到訊息了。」伊波說：「在光流聽到天音的時候，安川接收到訊號，皮可也看到了影像。」

光流、安川和皮可互相交換著視線。

「把黃泉神送入地底的時刻終於到了，要開始送神了。」

所有人聽到伊波這句話，都輕輕的倒吸了一口氣。

大家當然都知道這一天即將到來，但是聽到有人開口宣布，這句話就像是一把尖銳的刀子，刺進了有禮和其他人的內心。

收拾好書包的學生們，一一從校舍內走了出來。

有禮和其他人避開放學的人潮，從正門移動到操場的角落。皮可終於走進了校園，跟著有禮他們的腳步前進。皮可今天很安靜，不像平時那樣吵鬧或是說很多話，一直保持乖巧的表情，和大家保持距離，靜靜的站在Q的身旁。

伊波問皮可：

「你看到的月亮是怎樣的月亮？新月？半月？還是圓月？你把看到的月亮形狀畫在地上給我們看。」

皮可蹲下來撿起一塊尖石，用石頭的尖角在地上畫出月亮的圖案。

皮可畫的月亮比新月粗，但比半月細，月齡應該是第五、第六天的月亮。

伊波低頭看著月亮說：

「皮可接收到的兩個影像，應該是在傳達送神的日子。用月亮的圓缺來計算日子是自古以來的習俗，門應該是用來封印黃泉神的天扉，那是送神的象徵。」

光流一臉緊張的看著皮可的畫，開口說：

「所以當月亮變成這種形狀的時候，就要送神了嗎？」

伊波注視著月亮的圖畫點了點頭。

「沒錯，這就是我們會被送進隱身所的日子，送神的日子。」

「那是什麼時候？」Q問。

有禮回答：

「昨天是新月，今天晚上的月齡是第四天，所以天上的月亮會比皮可畫的再瘦一點。從皮可畫的月亮形狀來看，月齡應該是第五天或第六天，也就是說，天神指示的日子應該是明天或後天。」

「不會吧……明天或後天？」

安川發出呻吟。

「請問……」春來戰戰兢兢的向有禮發問，「可以跳過嗎？只要我們不接觸就不會被送進隱身所，所以我們相互避開不接觸，不是可以跳過嗎？明、後兩天剛好是星期六和星期天，學校放假，只要我們不見面，是不是就可以躲過這一天呢？」

伊波露出像冰一樣的冷漠眼神看著春來。

「這怎麼可能？」

他氣勢洶洶的說完後，環視在場的所有人繼續說：

「你們聽好了，最後階段的發展和之前不一樣。我特地現身，就是為了向你們說明這件事，所以你們要認真聽。」

9
X-Day

有禮和其他人雖然對伊波這種傲慢的態度很火大，但還是默默聽他說明。伊波再度環視所有人，然後緩緩的開口：

「黃泉繭很快就會破裂，一旦破裂，就會有大量的黃泉神來到這個世界，為這裡帶來前所未有的災難。為了避免這種情況發生，天神會在此之前，也就是在繭將破未破的時候，把我們這些巫覡送進隱身所。」

伊波停頓了一下，才繼續說下去：

「關於這個時間點，也就是繭將破未破的時候，黃泉神會有幾個小時是停止一切活動的狀態。那段時間是他們轉化成擁有完美陽光耐受性最終形態的準備期，就和昆蟲的蛹化狀態一樣……」

「蛹化是什麼？」

Q插嘴問道，有禮立刻為他解釋：

「就是變成蛹。」

伊波繼續說了下去：

「對我們來說，這個時候是最好的機會。你們應該聽得懂吧？」

有禮覺得這句話的言外之意，就是「只要你們不是笨蛋，應該都聽得懂」，所以感到很生氣。伊波高高在上的看著有禮和其他人，繼續說明：

「天神會在這個時間點把我們送進隱身所，因為在這段期間，要通過黃泉繭的膜很簡單，畢竟防禦的一方處於休眠狀態，防守當然就會鬆懈。那時即使不用巫覡相互接觸的障眼法，天神也可以輕而易舉的把我們送進隱身所。」

「啊？」春來的反應很激烈，「什麼？意思是即使我們沒有接觸，也會被送去隱身所嗎？單獨一個人的時候也會嗎？」

「對。」

伊波很乾脆的點頭。

「這和星期六、星期天，還有學校放假無關，是根本躲不過的事。天神可沒這麼弱，這不是理所當然的嗎？你以為對方是誰啊，是天神啊！」

「但這樣不是很不妙嗎？」安川插嘴說：「即使在家也會被送去隱身所對吧？萬一在洗澡或睡覺怎麼辦？」

「會有預告。」伊波說。

這次是光流發問：

「你說的預告，就像是鏡子出現之前會打雷一樣嗎？」

「每次預告的形式都不一樣，」伊波繼續說明，「可能是晴天的時候突然響起雷聲，也可能在太陽周圍出現一圈圓形的彩虹，或是附近一帶的樹木突然同時開花，也可能是樹木的葉子全都掉落。你們只要記住預告很快就會出現，然後細心觀察，就絕對不會錯過，這一點可以放心。」

伊波環視著一臉不安的其他人，繼續說了下去：

「一旦出現預告，就要做好進入隱身所的準備。只有帶在身上的東西可以帶進隱身所，即使忘了什麼東西也沒辦法回去拿，所以要記住。通常出現預告之後，天神會在數小時內把我們送去隱身所，有時候甚至會發生幾十分鐘後就被送去隱身所的情況，所以要事先準備好鏡子、長笛這些要帶進隱身所的東西，以便隨時可以拿了就走。」

伊波語氣平淡的說明，簡直就像在宣布遠足的注意事項。

真想問「可以帶多少零食？」這種問題，有禮發現自己無法進入這種脫離現實的狀況，於是在內心諷刺的想著。

伊波再度開口說：

「總之，一有預告就要做好準備，大家都來學校正門集合。」

春來再度發問：

「呃……不管是早上、白天或半夜都要來集合嗎？」

「對啊，我剛才不是說過了嗎？」

伊波似乎對重複相同的話很不耐煩。

「皮可也要一起來嗎？」

光流詢問伊波的同時，擔心的瞥了皮可一眼。伊波也看了皮可一眼，然後回答：

「我負責帶皮可來這裡集合。我會在出現預告時做好準備，然後去皮可家，帶他一起來學校正門前集合。」

皮可聽到伊波這麼說仍然一臉平靜，什麼話都沒有說，和平時愛說話的皮可簡直判若兩人。Q也很擔心皮可，他向不發一語、站得有點遠的皮可問道：

「喂，皮可，你沒事吧？你身體不舒服嗎？」

回答的人不是皮可而是伊波：

「皮可應該是我們之間最容易和天神同步的人，因為神總是偏愛幼小的孩子，所以小孩更容易接收到天神發出的訊號，這是常識。皮可為了執行作戰，已經進入了接收天神重要訊息的準備狀態。」

即使伊波這麼說，皮可也站在原地沒有說話。

「我們被送去隱身所之後該怎麼辦？要做什麼？」有禮問。

伊波泰然自若的回答：

「具體情況要進入隱身所之後才知道，因為每一次的情況都不一樣，但大致的流程不變。首先要打開通往地底的天扉，把黃泉神送進天扉裡，然後再把那道門關起來，就是這樣。」

「……就是這樣？這樣根本什麼都不知道啊。」

安川不服氣的嘀咕，但伊波沒有理會他。

有禮內心的不安不斷膨脹。現在不僅不了解天神作戰的全貌，甚至連輪廓也不知道，就這樣被送進隱身所，到底能做什麼呢？

慄。

「萬一失敗了呢？」春來問，「萬一沒有成功會怎麼樣？」

伊波注視著春來，有禮從他的眼神發現了藏在深處的黑暗，不由得感到不寒而

「四十五年前，我爺爺在封印黃泉神時失敗了，黃泉繭破裂，當地發生了巨大的災難。當時和我爺爺一起去南亞隱身所的巫覡，有人從此沒有再回來，我爺爺一直為這件事耿耿於懷，所以也會發生這種情況。」

有禮回想起光流被黑色大蛇吞噬的那一幕，清晰的記憶讓他渾身冷汗直流、心跳加速。如果當時光流留在隱身所內沒有回來，自己在生命結束之前應該會回想起那一幕幾百次、幾千次，並且為此深受折磨。

伊波看著緊張不已的所有人，「嘿嘿」的聳肩笑了笑。

「雖然不能太樂觀，但悲觀也沒有用……不是嗎？」

他用這句話總結後，又開口說了起來：

「我相信目前隱身所內的幻象已經開始崩解。在黃泉繭即將破裂時，幻象的世界

也會開始崩潰。我們下次進入隱身所時不會像之前那樣，所有的一切都和現實世界一模一樣，可能會出現一些奇妙的地方，或是有陌生的東西。你們不必在意這些，因為幻象開始崩解，就代表隱身所即將毀壞。」

伊波突然露出像是柴郡貓的笑容看著所有人。

「這一天即將到來。」

伊波再度叮嚀注視著他的有禮等人。

「我們的任務就是打開天扉，把黃泉神封印在裡面，然後把門關上。我們是為了這個目的才聚集在這裡。」

櫻花樹樹影搖曳，向晚的風穿過枝幹吹了過來。在操場上分開站立的有禮等人，在夕陽照射下拉出長長的七道黑影，看起來簡直就像是七根柱子。

伊波用力吸了一口潮溼的空氣，對所有人說：

「這一刻即將到來，送神即將開始。」

送神時刻即將來臨，巫覡準備。做好準備等待。

有禮回想起安川轉達的天神的訊息。

「說明結束，接下來就等送神的那一刻了。」

伊波向所有人揮了揮手。

「下次就在正門見。」

10 預告

隔天是星期六，沒有發生任何事。日落前掛在空中的第五天月亮，在深夜之前便早早沉入了西邊。這一天，有禮一直關在自己的房間內，沒有走出家門一步。他把球鞋塞進背包，藏在床底下。

深夜過後，Q和光流分別傳了訊息給他。

星期五放學後，得知週末將會出現預告，春來便提出大家用手機相互聯絡的建議。當然，聯絡的人不包括伊波和皮可。皮可還沒有手機，和伊波互傳訊息就等於是把訊息傳給伊波老師，所以根本不可能這麼做。有禮被形勢所逼，第一次加了同學的電話。

他躺在床上看訊息。

「今天沒有預告。」這是光流的訊息。
「平安過了一天。」這是Q的訊息。
「大家辛苦了，明天再加油。」這是春來的訊息。
「等得好累。」這是安川的訊息。
有禮也簡短回了一句「辛苦了」。
即使躺在床上也睡不著，各種資訊在清晰的腦袋中翻騰。許多曾經發生過的事件片段、文字紀錄，還有每個人在各種場景中說的話，在他腦中不時浮現、消失，接著又再度浮現，就像是看著閃爍的霓虹燈一樣。
在這些閃爍的記憶深處，有禮漸漸浮現一個疑問。整天卡在心頭的事情，終於明確的浮上意識表面。
我的作用是什麼？
有禮想起第二次從隱身所回來時，猴子曾經說過的話。現在才知道說話的不是猴子，而是安川在轉達天神的話語。
已經找到「開者」和「唱者」，「奏者」和「閉者」也現身了，接著必須找出

「見者」和「知者」。

然後，猴子……安川說自己是「告者」。

從七尊巫覡出現的先後順序思考這句話，可以發現「開者」和「唱者」是Q和有禮，「奏者」和「閉者」是光流和春來，而「見者」和「知者」是皮可和伊波。從這些名稱中，有禮大致能了解每個人在天神作戰中所扮演的角色。雖然不知道作戰的全貌，但可以大致推測出天神要每個人扮演的角色。

被稱為「奏者」的光流，她扮演的角色就是要重現天神的原語，吹奏出天音。「見者」皮可是七個人中唯一能透過畫面看到天神訊息的人。既然人類和天神之間缺乏共同的語言，就只能依賴皮可看到的景象，來了解作戰的細節。

安川的作用應該是掌握更大規模的作戰流程。雖然無法從接收的訊號了解作戰細節，但可以接收到該做什麼事的時機和基本指令，然後把訊息轉告給其他人。有禮認為這應該就是安川的作用。至於伊波這個專業巫覡，則是以「知者」的身分，透過他掌握的知識來完成作戰。

皮可說Q打開了那道門，所以Q應該是「開者」。

現在回頭一想，每次逃出隱身所都是Q打開門鎖。找到破綻中的破綻，就像是打開逃生口的鑰匙。不該出現在六階魔方陣中的「3」，不屬於交連數的「14159」，以及不是完全數的「53589」，這些數字都是Q發現的。

有禮認為，下次應該也是要憑藉Q的數學能力打開天扉。

當天扉開啟時，光流吹奏的送神咒語可以把黃泉神送入地底，之後關上天扉的是「閉者」……也就是春來的任務。雖然不知道方法是什麼，但從春來具有力大無比的能力來看，關上天扉的方法應該和開啟時不同，可能需要用到很大的力氣。

每次想到這裡，有禮的思緒就開始碰壁了，相同的疑問再度浮現。

那我的任務是什麼？我該做什麼？

將每尊巫覡和扮演的角色結合，最後只剩下了「唱者」這個角色。但是到底要唱什麼？要怎麼唱？這在天神的作戰中具有什麼意義？有禮完全摸不著頭緒。

時間慢慢過去，有禮仍然不知道自己的任務。焦急和不耐煩的感覺讓他有點窒息，於是他用力的深呼吸。

星期天也沒有任何預告。

第六天的月亮比昨天稍微大了一些，比星期六稍微晚一點才升上天空，也稍微慢一點才消失在西方的地平線。

星期五過後，梅雨暫停、氣溫持續上升，簡直就像是進入了盛夏。晚餐時看到新聞報導說，某個城鎮的氣溫已經達到盛夏的紀錄。有禮家基本上都是從七月開始開冷氣，所以只有電風扇在客廳空虛的攪動著悶熱的空氣。有禮在二樓的房間也熱得像三溫暖。

深夜之後，微涼的空氣悄悄從敞開的窗外滲進房間。

半夜十二點以後，他再度和Q等人聯絡。

「為什麼沒有任何狀況發生？」

「會不會是伊波搞錯了？」Q回答光流的疑問。

「如果是這樣，那就太開心了。」

雖然春來這麼說，但安川的反應意外冷靜。

「應該快發生了吧。」

有禮也傳了簡單的訊息：

「我也有同感。」

他不認為會這樣平安無事的迎接星期一早晨。以時間來說，半夜十二點過後就算是星期一了，但這是人類決定的規則。

如果天神用月亮的圓缺向有禮他們傳達日期，那目前還籠罩著整個城市的夜晚，當然就是第六天的月夜。在早晨的陽光趕走黑暗之前，即使月亮已經西下，但夜晚仍在持續著……

有禮和安川的預感完全正確。

那天深夜的兩點十八分，預告出現了。

有禮在床上昏昏欲睡時，聽到了響徹六月潮溼黑夜的蟬鳴聲，猛然跳了起來。

不只一隻蟬，而是好幾隻蟬的叫聲交織在一起。

就是這個，這就是預告！有禮的內心十分肯定。

雖然夜晚很悶熱，但現在還是六月下旬，在這個時期的這個時間，不可能發生好幾隻蟬同時鳴叫的情況。

有禮想起星期五也有聽到蟬鳴聲。

在上第二節課的期間，曾經聽到短促的蟬鳴。放學後，也有蟬在櫻花樹的樹梢鳴叫，只是那次的蟬鳴比較長。想到這裡，有禮猛然驚覺聽到蟬鳴的時機，似乎和光流、安川接收到天神信號的時機相同？

當他回過神時，才發現手機收到了其他隊友的訊息。

「出現了！應該就是這個吧？蟬在叫，這是預告吧？」

安川在訊息中這麼說，光流和春來也附和。

「我這裡也有蟬鳴，應該就是這個吧？」光流說。

「果然是蟬鳴嗎？這是預告嗎？原來伊波沒有搞錯！」春來說。

Q最性急。

「好！我們去正門集合！」

要傳什麼訊息……有禮猶豫不決。

接收到預告後，很快就會被送去隱身所，現在到底該說什麼呢？

「好，正門見。」

有禮發出訊息後原本又打了一句「路上小心」，但最後還是刪除了這句了無新意的話。

路上小心……大家路上都要小心。

有禮在心裡說著這句話，接著從床底拿出背包。

蟬鳴聲突然中斷了，簡直就像是知道有禮他們已經收到了預告，不再發出鳴叫。黑暗和寂靜籠罩了四周。

再過多久會被送去隱身所？根據伊波的說法，最快會在數十分鐘後，最慢也只有數小時。

有禮從背包裡拿出球鞋，悄悄打開自己房間的門，觀察其他家人的動靜。

隔壁明菜的房間和走廊盡頭父母的臥室都沒有動靜，樓梯下方一樓的燈也關著，四周靜悄悄的。

好……有禮下定決心悄悄走出房間。他走下樓梯，在門口穿上球鞋，然後輕輕打開大門。他在走進夜色之後，用備用鑰匙從外面上了鎖。

外頭一片漆黑，但在黑暗中，可以感覺到一絲黎明將至的氣息。空氣又溼又冷，腳下的雜草積著露水，當他用力深呼吸時，可以感覺到泥土和雜草的強烈氣味，和冰涼的空氣一起竄進胸膛深處。

再兩個小時就天亮了。

有禮想起出門前確認的時間，在心裡計算著。今天……星期一是夏至，日出的時間是四點二十五分。這也是天神計畫的一部分嗎？在夏至的黎明前送神，這件事有什麼意義嗎？

有禮思考著這些事，以右腳起步，踏上了每天上學的路。

街道悄然無聲，路上沒有車輛，昆蟲在十字路口閃爍的號誌燈下，發出宛如耳鳴般的鳴叫。家家戶戶的燈火熄滅，粟栖台新城彷彿陷入了黎明前的沉睡。

路燈照亮了學校的正門，Q獨自站在那裡用耳機聽音樂，即使有禮從後方靠近他也完全沒有發現。他聽的音樂很大聲，有禮隱約聽到了咚滋咚滋的聲音。

有禮想拍Q的肩膀，卻猛然把手縮了回來，因為他想起和Q接觸的危險性。雖然伊波說送神的時候「即使沒有相互碰觸，也會被送進隱身所」，但並沒有說「即使相互碰觸，也不會被送去隱身所」。現在巫覡和巫覡碰到，應該還是跟之前一樣，會被送到隱身所內。

真是差一點……有禮這麼想著，繞過路燈站在Q的面前。

Q看到眼前突然出現的人影，驚訝得「呃」了一聲，身體不由自主的向後仰。

「喔……嚇死我了。」

Q的聲音很大，有禮「噓」了一聲制止他，看向周圍寂靜的街道。

「你太大聲了。」

他小聲的對終於拿下耳機的Q說。

「對不起。」

Q乖乖道歉後關掉音樂，打量著有禮問：

「你什麼也沒帶嗎？」

Q的身上背著背包。

「鏡子在裡面嗎？」有禮問。

「對，我帶了鏡子和零食。」Q點了點頭說。

「零食？為什麼？」

「可能會肚子餓啊。」

有禮對Q牛頭不對馬嘴的回答有些錯愕，卻沒有再多說什麼。

「不知道還要多久才會開始。」Q說出自己的疑問。

「不知道，應該快了吧。」

有禮說出的這句話，喚醒了他自己心中的恐懼。他覺得丹田深處傳來一陣寒意，心臟好像縮了起來，有一種可怕的感覺。

想到很快就會被送去隱身所，最後階段已經逼近眼前，一種近似疼痛的恐懼感便貫穿了胸口。

「大家都還沒來。」

Q看著街道說。

「我問你，」有禮鼓起勇氣，問了一直很想問的問題，「你有告訴你姊，今天晚上要去隱身所嗎？」

「說了啊。」

Q很乾脆的回答。

「你姊姊說什麼？」

「她叫我『小心點』。」

「是喔……」

有禮在回答時，覺得Q一家人果然很奇怪。毫不隱瞞的把令人難以置信的事告訴家人，這種弟弟固然奇怪，但他姊姊也很不可思議，面臨這麼重大的狀況，她表現得竟然像是送弟弟出門上學一樣。

Q微微縮著肩膀，看著地上說：

「但是我沒有把伊波說的話告訴姊姊。」

「什麼？」有禮忍不住開口詢問。

Q瞥了他一眼，滿臉愧疚的說：

「就是可能無法從隱身所回來的事。姊姊問我『不會有事吧？』但我還是說不出口。那傢伙真是不懂得察言觀色……我是說伊波。在這種緊要關頭，怎麼可以說出會影響士氣的話。聽到那種話，誰都會害怕不是嗎？」

Q徵求有禮的同意，有禮不由得點了點頭。

「是啊，很害怕。」

說出這句話後，有禮內心深處的某個蓋子似乎打開了，像是無法阻止一直壓抑在心中的各種思緒脫口而出：

「自己回不來當然很可怕，但最可怕的是隊友在隱身所內發生狀況，然後回不來。我……始終無法忘記，至今仍然常常回想起上次光流在隱身所內被大蛇吃掉的那一幕。記憶中的影像完全不會淡化，一次又一次的完美重現，就連細節都一清二楚，簡直就像那件事此刻又在眼前發生一樣……」

不光是話語，封閉在內心的過往影像，也有如潰堤般在有禮的腦海中重現。和Q兩個人迷路闖進栗栖之丘學園寂靜的走廊；和光流等四人一起面對獨眼巨人；在白色濃霧中湧現的氣泡，還有從氣泡中冒出的眼珠子；太陽塔的臉扭曲著溶化倒塌，變成在樹林底部流動逼近的黑影大蛇，那條大蛇後來吞噬了光流；以及很久很久以前在教室的景象……那是有禮就讀小學二年級時，五月十二日的午休時間，年幼的有禮在教室內被班上同學包圍，其中一個同學突然說：

「好奇怪，小有（a-li）真的很奇怪。」

沒錯，在有禮堅持自己的名字是發「a-le-i」的音之前，周圍的同學都叫他小有。

「好奇怪。」「好奇怪。」「小有好奇怪。」

所有同學七嘴八舌的這麼說，有禮不安的看著這些同學，不知道他們在說什麼，也不知道自己哪裡奇怪。現在他當然知道那些同學為什麼責備自己、對自己生氣，但那時候的有禮，無法理解同學為什麼記不起來看過的東西、讀過的書，還有黑板上所寫的內容，所以總是忍不住問同學：「為什麼不記得？」「為什麼記不住？」「昨天不是才看過嗎？為什麼會忘記？」……他不停、不停、不停的問那些同學，現在回想起來，真想摀住自己的嘴巴。任何人一直被問這種問題當然會生氣，那一天，班上同學積壓已久的怨氣一口氣向有禮噴發。

「真奇怪。」「奇怪的傢伙。」

不久之後，有個同學開始罵他。「變態！」「小有是變態！」「變態！」「變態！」

「變態！」

無論是第一個說出變態的人，還是之後跟著吆喝的人，應該都不知道變態這個詞彙的意義。除了有禮以外，會有小學二年級的學生知道變態的正確意思嗎？不過班上的同學即使不知道這個詞彙的意思，還是被這個詞彙的發音和影響力吸引，圍在有禮四周的同學很快就開始大合唱。回想起當時的恐懼，有禮至今仍然感覺背脊發涼。原本以為是其中一分子的團體突然拒絕了自己，當其他人一起排斥自己的瞬間，他眼前的世界好像突然翻轉了，腳下站立的地面彷彿突然崩塌，年幼的有禮感受到無窮的不安和恐懼。有禮陷入了恐慌，為了保護自己，他做了唯一想到的事。當班導師發現時，有禮站在全班同學的正中央，好像在唸咒語似的，不停說著字典上關於變態這個詞彙的意思。

過去發生的場景鮮明的浮現在眼前，他忍不住心跳加速。有禮努力擺脫過往的記憶，費力的擠出一句話。

「雖然我不是春來，但我真的很不想要這種能力。真想對天神說，不要沒有經過我的同意，就強迫我接受……」有禮自嘲的說。

Q露出渙散的眼神看著他，幽幽的說：

「我也曾經這麼想過。」

「咦？」

有禮對Q竟然想放棄自己卓越的數學能力感到意外。Q對驚訝的有禮說：

「小二的時候，我媽出車禍死了。當時，我真心打算不要再碰數學，因為發生車禍的那天早上，我上學快遲到了，卻還在門口一直想著哥德巴赫猜想。我在那裡磨蹭的時候，媽媽終於忍無可忍的罵人了：『整天都在做數學，真噁心，媽媽不要你這種小孩了。』」

這句話很傷人。Q的媽媽當然是因為一時情緒失控才會說這種話，絕對不是出自真心這樣講，但是Q的媽媽之後車禍身亡，從此沒有機會收回這句傷人的話，這句話就這樣遺留了下來。雖然是有禮先提起這個話題，但他很希望自己沒有聽Q提起這件事。

Q淡然的繼續說下去：

「這是我媽對我說的最後一句話。你聽了覺得怎麼樣？我很受打擊，決心再也不要想數學的問題。那個時候，是我姊姊勸了我。」

Q停頓了一下，抬眼看著黎明前的天空，好像在回想他姊姊當時說的話，然後緩緩訴說了起來：

「我姊對我說，雖然計算機很方便，但即使把計算機送給動物園的猴子，猴子也不知道使用方法，只會踩爛、摔壞或是把它丟掉。人類的個性和能力就像工具一樣，上天賦予每個人的個性和能力都不同，需要時間慢慢了解個性和能力的使用方法。不知道使用方法，也不努力學習如何使用，就和把工具丟掉的猴子沒什麼兩樣。姊姊說我可以慢慢思考，只要慢慢掌握使用方法，就會了解這些工具的優點，所以我現在仍然在和數學打交道。」

說完這句話，Q原本看著天空的雙眼轉向有禮，對他露出燦爛的笑容。

「你也這麼做試試看。不要說不需要，而是去思考如何運用這個能力。過目不忘的記憶力很酷啊！我不太記得我媽的事，每次努力回想都會想起我媽最後對我說的那句傷人的話，還有她看到我在圖畫紙上寫費波那契數列，就歇斯底里的把紙撕破，以及她沒收我的計算機，對我大罵『趕快出去玩』……完全想不起任何美好的回憶。如果我是你，就能一遍又一遍的只想起那些愉快的事。你也把痛苦的事、不愉快的事全都丟到一旁，只想愉快的事就好。這是需要努力和訓練的。」

有禮不認為自己能做到只回想愉快的事，但他聽了Q的話，還是點了點頭說：

「是啊。」

「只要慢慢掌握使用方法就好。」Q的姊姊所說的話，進入了有禮的內心。

上天賦予的工具……他以前從來不曾用這個角度看待自己的能力，但是他能接受Q的說法，覺得大家都是懷抱著自己無法妥善運用的工具，驚慌失措的在人生中橫衝直撞。

有禮、光流、春來、安川，還有皮可和Q……不，不光是巫覡而已，即將考高中的江本和筒井，還有其他人也都不知道該如何運用上天賦予他們的個性和能力，這點大家應該都是一樣的。

黑暗的街道盡頭，傳來了跑向學校正門的輕盈腳步聲。

是安川。

安川跑到有禮和Q的面前，喘著氣小聲的說：

「我遲遲找不到機會溜出家門。我哥今年要考大學，每天晚上都熬夜讀書，好不容易等他上床睡覺我才能出門。」

不一會兒，春來也到了。

「我要去玄關的時候瑪羅叫了起來，把我媽吵醒了，後來我好不容易趁他們不注意才溜了出來。」

瑪羅似乎是她家養的狗。春來把手電筒放進穿在洋裝外的夾克口袋，手上還拿著一根棒球棒。

「你為什麼帶著球棒？」

和春來一樣讀七年級的安川問道。春來露出驚訝的表情「啊」了一聲，看著大家的臉。

「武器呢？你們都沒帶武器嗎？」

背著背包的Q一臉得意的說：

「我帶了零食。」

「啊？零食？要帶零食嗎？」

聽著他們雞同鴨講的對話，有禮正準備嘆氣時，看到光流從東側跑過來的身影，她手上的長笛在路燈下閃閃發亮。

「喔，光流也來了，現在只剩下伊波帶皮可來這裡了。」

Q說完這句話時，光流終於抵達了正門。

有禮他們周圍的空氣開始扭動，好像就在等待著這一刻。

心臟用力的跳動，速度加快。有禮用力深呼吸，努力讓心情平靜下來。

然後，他清楚的感覺到——

夏天的氣味消失了，風聲不再傳來，耳鳴似的蟲鳴也靜默無語。

「進去了嗎？」

Q一臉緊張的問。

有禮把吸入的空氣呼出來，點了點頭。

「進去了。」

「喂……」光流指著操場的方向問：「那是什麼？」

「啊……」有禮緩緩轉身看向背後，倒吸了一口氣。

眼前有好幾根如同柱子的黑影，聳立在操場的正中央。

11 門扉

「是獨眼巨人嗎？」

春來緊抓著光流的手臂問其他人。

「好像……不是。」

剛看到聳立在操場上的柱子時，有禮也以為是幾個巨人站在那裡。

不過那看起來不像是巨人，因為影子既沒有頭也沒有手腳，立在那裡完全沒有動靜。

「那是什麼？」

光流隔著欄杆，注視著學校的操場問。

「不知道，」有禮搖著頭說，「看起來像是柱子，但是為什麼會立在那裡？」

「會不會又是陷阱？」Q問，「一定是那些傢伙假扮的。」

「但是伊波不是說了嗎？」安川插嘴，「向黃泉軍發出指令的黃泉神正在休息，不可能會做這麼複雜的事……」

「伊波為什麼還不來？」

Q回頭看向馬路。

此時此刻，伊波應該已經在隱身所內，和皮可一起趕來栗栖之丘學園的正門。從皮可家走到正門所需的時間不到十分鐘，但目前從栗栖台南町通往學校的路上卻不見人影。

「啊……那裡有人過來了。」

春來指的不是通往南町方向的街道，而是通往有捷運站的東町方向道路。

黑色的人影緩緩向正門移動，人影的腦袋很小，手和腳卻很長，動作很不自然的朝有禮他們走來。

「那、那傢伙……」

安川說不出話來。

Q接著把話說了下去：

「是獨眼影子……」

昏暗中，位於腦袋正中央的那隻眼睛正在閃閃發亮。

「啊……那裡也有！」

光流指向學校西側欄杆旁的馬路說。

有兩個影子走在欄杆外的馬路上，他們的腦袋也都有一顆發亮的眼睛。

三個獨眼影子慢慢朝著正門走來。

「我們進去學校裡。」

有禮對大家這麼說，從馬路悄悄溜進了校門。

他們不能離開正門這個約定地點，只好躲在門柱後方，或是蹲下身體躲在沿著欄杆種植的樹叢下。

在路上走動的三個影子，從東、西兩側沿著欄杆外的人行道走來。他們在正門前擦身而過，然後逐漸走遠，看起來像是在栗栖之丘學園周圍巡邏。不過就像安川說的，可能是司令塔目前無法發揮作用，所以他們的行動很遲鈍，感覺漫無目的，而且也沒有發現躲在一旁的有禮他們。

「伊波他們真慢啊。」

Q從門柱後方探出頭，看著南邊再度開口嘀咕。

有禮目送街上那些獨眼影子遠離後，保持蹲著的姿勢回頭看向操場。

他注視著突然冒出來的柱子，再度開始思考那些東西到底是什麼。

柱子的表面看起來很粗糙、堅硬，感覺像是石柱，但又不像建築物的柱子那麼光滑，形狀也不整齊，比較像是鐘乳石洞內的石筍。有禮所在的位置無法看到所有柱子，但粗略估算大約有四、五十根，其中有一根柱子特別高，高度幾乎快跟校舍一樣。其他柱子就沒這麼高了，高度差不多是有禮身高的一倍，最高也不過三公尺多吧。

有禮很想上前仔細查看，正當他準備站起身時，看到校舍的方向有東西在移動，於是急忙停止動作。

黑漆漆的校舍前方有東西在移動，雖然輪廓融入黑暗中看得不是很清楚，但那發亮的眼珠就像標誌一般，顯示了獨眼影子的位置。

11
門扉

獨眼影子在校舍前緩緩的由南向北走動，然後在轉進校舍西北角後失去了蹤影。

有禮一直注視著移動的眼珠子，發現了一件奇妙的事。

校舍很奇怪，和平常看到的樣子不同，既看不到校舍內逃生口燈牌的亮光，也看不到在黑暗中反射光線而發亮的玻璃窗，更看不出一樓、二樓和三樓之間的界線。面向操場的那排校舍出入口也不見了，整棟建築物好像塗上墨汁般一片漆黑。

那裡好像不是校舍，而是一個巨大的黑色立方體。

光流和安川似乎也發現了校舍的異常變化。

「那是……怎麼回事？」光流小聲的說，「窗戶都不見了……」

安川也低聲回應：

「門也沒了，出入口不見了。」

聽到他們的談話而轉過頭的Q，也不安的偏著頭問：「怎麼會這樣？」

「啊……」春來輕輕慘叫了一聲。她注視著正門前的馬路，瞪大眼睛愣在原地。

「來了一大堆。你們看，總共有一、二、三、四、五個……」

春來費力的擠出這句話，有禮和其他人再度轉頭看向馬路。

好幾個獨眼影子從通往栗栖台新城南町方向的路走過來。春來說得沒錯，總共有五個，如果他們直直走過來，就會來到學校的正門。要是他們走進了正門，很快就會發現躲在門柱和樹叢後方的有禮他們。

「我們躲去那些柱子後面。」

Q機靈的做出了反應，跑向石柱。

有禮等人也跟著他跑過去。

有禮在奔跑過去時，內心感到很不安。

那些獨眼影子是從南町的方向走過來，也就是伊波和皮可前來約定地點的路線。發生了什麼事嗎？伊波和皮可這麼久還沒到是不是出事了？不安壓迫著有禮的胸口，他奮力跑到一根柱子後頭蹲下來，努力甩開內心的情緒。

靠近一看，柱子的材質果然是石頭，表面粗糙堅硬的石柱好像是從地面長出來似的屹立不搖。這時，有禮還發現了另一件事。他轉頭打量四周，發現原本以為排列得亂七八糟的石柱，其實是有規則性的。

圓形嗎？沒錯，用弧線連結每根柱子的位置，會形成一個圓形的軌跡。這個圓形相當大，直徑有五十公尺左右，這些石柱都出現在圓周上。

當他發現這件事時，腦中也浮現了一個名詞。

巨石陣。

有禮為這個發現倒吸了一口氣，身旁的光流小聲說：

「他們進來了……」

聽到這句話，有禮猛然回過神，把視線從操場上的巨石陣移向正門。剛才從南側走來的獨眼影子，有三個走進了校門，另外兩個在正門改變了方向，沿著欄杆外的道路走向東方。

「慘了……」

躲在旁邊那根柱子後方的安川小聲說道。

情況的確很不妙。學校周圍都是獨眼影子，但他們唯一的希望——伊波，到現在都還沒有出現。

不安再度在內心深處膨脹。

走進操場的三個影子，無聲無息的緩緩走向石柱。有禮和其他人拚命貼在石柱上屏住呼吸，以免被影子發現。

獨眼影子移動時完全感受不到動靜，如果不用眼睛看，根本不知道他們走到哪裡，也不知道他們是不是朝自己藏身的地點靠近。

獨眼影子會不會突然從石柱另一側探出頭來？像是繩子的黑色手臂是不是伸過來了？這種未知的恐懼慢慢湧上心頭，耳朵深處只聽得到心臟撲通撲通跳動的聲音，有禮發現自己渾身都冒著冷汗。

這時，他發現有個東西掠過了眼角。他緊貼著石柱悄悄瞄了一眼，發現三個影子朝校舍的方向走遠了。在一片漆黑的操場中，那三個影子比周圍的黑暗更加漆黑，他們挪動著長手、長腳，無聲無息的逐漸遠去。那幾個影子經過有禮他們躲藏的石柱，正打算走上通往校舍的階梯。

沒被發現……在有禮鬆了一口氣的同時，他感覺到一股熱血瞬間流竄全身。

因為就在這時——

距離有禮幾根柱子之遙的地方，突然發出了匡噹的清脆聲響，有某個堅硬的東西撞到了石頭。那個聲音不大，但在被黑暗籠罩的寂靜隱身所內，那個聲音宛如警鐘般響亮。

什麼聲音？

有禮四處尋找發出聲音的地方，卻看到春來露出驚恐的表情，一根球棒掉落在她的腳下。似乎是倒下的球棒撞到了石柱，躲在石柱後方的所有人，全都被橫躺在地的球棒吸引了目光。

黑暗中突然響起有如金屬摩擦的聲音。

「覡……覡……覡……覡……」

有禮驚訝的抬頭，發現三個獨眼影子在連接操場和校舍的樓梯上轉過頭，看向他們的所在位置。在黑暗中發出光芒的三顆眼珠子，鎖定了有禮他們。

那些影子發出了聲音。

「覡……覡……覡……」

「巫……覡……巫……覡。」

「覡……覡……巫……巫……覡。」

被發現了……恐懼和絕望排山倒海而來。

「啊、啊、啊、啊！」

春來猛然撿起地上的球棒，整個人跳了起來。有禮和其他人也紛紛站起身，在石柱環繞的圓圈內向外張望，想要尋找逃脫的地方。

「有些從北門那裡過來了！」

光流大喊。

「哇，還有從校舍那裡過來的！」

安川緊張的叫了起來。

「慘了，馬路上的也過來了！」

Q指著正門叫道。

「巫……巫……覡、覡……覡。」

「巫、巫、巫……巫……巫……覡。」

「巫、覡、覡……巫……覡、覡、覡。」

「覡……覡……覡……巫、巫……覡。」

影子紛紛叫了起來，聲音交錯在一起。黑暗中，到處都是影子發出的叫聲，獨眼影子朝巨石陣聚集而來。

無處可逃。

有禮和其他人注視著逐漸聚集的獨眼影子，慢慢退向巨石陣的中心。

「慘了……慘了……」

安川像在唸咒語似的小聲嘀咕。

春來則像是想要靠一棒逆轉局勢的全壘打打者，高舉著唯一的武器——球棒。

「怎麼辦？怎麼辦？喂，現在該怎麼辦？」

沒人回答Q的問題，因為根本沒有人能回答。

有禮他們終於退到了巨石陣的中心。

獨眼影子的數量越來越多，從北門和正門不斷湧入操場，還有從校舍走出來的。到底有多少獨眼影子呢？三十個？四十個？數量搞不好超過五十個。

他們發出的聲音交錯、糾結在一起，震撼了隱身所內的空氣，根本聽不清楚他們在說什麼。

只聽到「覡、覡、覡」的尖叫聲，刺耳的噪音震耳欲聾。

當獨眼影子終於包圍巨石陣周圍時，光流吹起了長笛。

那是天音最初的幾個音節。

Mi、Do、Fa、Do、So……

但是，即便光流吹了天音，獨眼影子也不為所動。

「完全無效！」

「完了，他們還在前進，沒有停下來！」

Q和春來發出尖叫，光流也在吹完第三十二個音之後抬起了頭。

有禮看著獨眼影子逐漸縮小的包圍網，忍不住在心裡大叫：他們聽不到！黃泉神聽不到天音！

之前光流能在隱身所內的栗栖谷綠地公園掙脫大蛇，伊波說那是因為光流唱的天音造成了黃泉神的混亂，控制失調讓影子大蛇鬆懈，所以光流才能夠及時掙脫。

天音無法直接對獨眼影子產生作用，只會對操控黃泉軍的黃泉神造成影響。如果是這樣，那目前黃泉神處於休眠狀態，無法向黃泉軍發出指令，天音應該也無法傳達給黃泉神？

有禮在腦海中迅速思考這些事的同時，獨眼影子也持續逼近巨石陣。

他們打算從柱子和柱子之間，踏進有禮等人所在的巨石陣內。

不計其數的影子，發出了震撼周圍黑暗的叫聲。

「覡、覡、覡、覡、覡、覡……」

黑色影子鑽過石柱的空隙，一個接著一個踏入有禮等人所在的巨石陣。他們從四面八方逼近，放眼望去全是獨眼影子、影子、影子……意識……心靈……幾乎快要被黑色的恐懼吞噬了。

有禮他們在巨石陣的中心緊緊靠在一起，害怕得連慘叫聲都發不出來。

「不要動！」

腦中突然響起了安川的聲音。

其他人似乎也聽到了有禮聽到的聲音，Q、光流和春來都看著安川。

「大家不要動。」

安川看著有禮他們，直接在他們的腦中說話。

「為什麼？」

Q忍不住開口詢問。

「你有什麼打算？」

有禮也忍不住開口。

「是伊波這麼說的，他好像就在附近。伊波要我轉達『不要動，不要說話，靜靜站在那裡』，就這樣。」

從石柱空隙走進來的獨眼影子，發出金屬摩擦般的聲音，朝巨石陣的中心逼近。

「不要動！不要說話！靜靜站在那裡！」

安川再度把伊波的話傳到他們腦中。

有禮他們在圓的中心緊緊靠在一起，屏住呼吸，注視著聚集而來的黑色影子。

他到底想幹麼？伊波有什麼打算？現在這種情況還有解決的方法嗎？有禮等人已經無處可逃，還有可以拯救他們的策略嗎？

影子已經逼近眼前。

「覡、覡、覡……巫……覡……巫……覡……覡……覡覡，覡覡覡覡……覡……」

影子的叫聲震撼了黑暗，黑色的影子浪潮從四面八方包圍有禮等人。要被吞噬了！正當有禮這麼想的時候，刺眼的光在圍成圓形的石柱外側炸開了。黑色影子的眼珠子，立刻被光的方向吸引過去。

正門旁──操場的角落冒出了火柱。

火柱中突然蹦出三個橘色的火球，它們飛向馬路，發出了咻砰、咻砰、咻砰的輕快聲音。火球拖著發亮的尾巴越過欄杆，消失在街道上。這時──

獨眼影子集團無聲的動了起來，他們經過蹲在地上的有禮等人，向正門的方向移動，好像是去追那些火球了。

……那是火箭煙火嗎？

有禮小心避免發出聲音，消除自己的動靜，用單膝下跪的姿勢，看著那些影子像黑色浪潮般經過自己的眼前。

那些影子的眼睛全都看著相同的方向。他們注視著火球飛舞的去向，長手長腳笨拙的擺動，全部往那個方向聚集，不再把有禮等人放在眼裡。

幾十個影子近在眼前，在伸手可及的距離發出「巫覡、巫覡」的叫聲，從他們的眼前走過去。

黑色的影子集團終於全都走出了巨石陣，就這樣走出正門，追著飛走的火球在街道上逐漸遠去。

「趕快來操場上放器具的倉庫。」

安川的聲音在腦中響起，這次所有人也都聽到了。

有禮、Q、春來和光流，一行人從巨石陣的中心站起來，看向位在通往校舍階梯旁的小倉庫。

那個小倉庫裡放著畫白線的工具和躲避球之類的器材。

安川再度確認所有影子都從正門離開後，環視著有禮和其他人，用下巴指示了放器具的倉庫。

「走吧。」

聲音在腦袋中響起。

有禮和其他人一起離開巨石陣，在黑暗中跑向操場角落的倉庫。當他們終於跑到終點時，一大一小的身影從像是倉庫的長方形建築物後方現身。

「伊波……」

有禮對高大的人影叫了一聲，光流也對矮小的人影叫出「皮可……」Q則是對他們兩個抱怨「你們怎麼這麼晚才來？」

「剛才的煙火是你放的嗎？」

安川問伊波。

「對啊。」

伊波瞥了一眼自己背上的背包，然後點了點頭繼續說：

「我準備了很多分散他們注意力的東西，沒有黃泉神操控的黃泉軍腦袋空空，只會對光和聲音產生反應，然後以為那是目標就跑去追。遇到黃泉軍的時候不要去刺激他們，只要留在原地不動等他們過去就好，也不能發出聲音。」

「你幹麼不早說……」

春來咕噥著。

「光流的長笛無法發揮作用。」

有禮向伊波報告，伊波看著光流手上的長笛，聳了聳肩。

「很有可能。既然黃泉神的指令無法傳達，當然也隔絕了我們能向他們發出的指令。他們已經進入了最後的準備階段，等待黃泉藺破裂，就要進入我們的世界。他們目前在特別的屏障保護下等待那一刻，也就是說，那一刻即將到來。」

「接下來該怎麼辦？門在哪裡？你知道門在隱身所內的位置嗎？」有禮問。

伊波瞥了有禮一眼，在環視操場一圈後說：

「就在這裡。」

「這裡？」安川反問。

伊波點頭後繼續說：

「所以我才和你們約在正門見面。你們聽好了，一切都是從這裡開始，隱身所從這裡逐漸擴大，也就是說，這所學校是隱身所的中心。他們在這裡，門應該也在這裡。再告訴你們一件事，只有這所學校周圍還勉強維持著幻象，從皮可家到這裡的路上，隱身所內的幻象已經崩解，無論街道和道路都變得亂七八糟，所以我們才會花這麼長的時間抵達。」

11
門扉

春來聽了伊波的話，不安的巡視四周。

「他們在這裡嗎？他們是指黃泉神吧？他們在哪裡？在學校的哪裡？」

始終不發一語的皮可，拉了拉站在他身旁的伊波衣服下襬。

「怎麼了？」

伊波低頭看著皮可，所有人的視線也集中在皮可身上。

皮可從上衣口袋拿出折起來的紙。他好像也做了送神的準備，在卡通圖案的睡衣外頭，穿了一件黃色的防水連帽外套，腳上穿著襪子和運動鞋。皮可把從外套口袋拿出來的紙攤在大家面前。

有禮、Q、光流、春來、安川和伊波把頭湊在一起，看著皮可在紙上畫的圖。上面畫了一個圓形和塗黑的長方形。

「……就在這裡面。」

皮可指著黑色長方形說。

有禮和其他人面面相覷，Q開口向皮可確認：

「是這個箱子嗎？黑色的箱子？黃泉神躲在這個黑色的箱子裡？」

「……對。」

皮可靜靜的點頭。

伊波注視著皮可的臉，偏著頭思考。

「黃泉神在這麼大規模的黃泉繭內增殖，數量已經變得相當驚人。要容納這麼多的黃泉神，箱子想必要很大……」

有禮倒吸了一口氣，轉頭看向後方。

「是那個嗎？」Q似乎也想到了。

「是那個吧！應該就在這裡面吧？」安川似乎也想到了同樣的事。

光流和春來抬頭看著器具倉庫的後方。

漆黑的校舍在黑暗深處一動也不動的低頭看著有禮他們。

沒有窗戶、沒有門的平坦黑色大箱子。

「原來是這樣，是這個啊，在這個裡面啊……」

伊波抬頭看著校舍嘀咕，在點了三次頭之後，再度看著皮可的畫問：

「這個圓是什麼？在哪裡？」

11
門扉

皮可默默舉起右手，伸直的食指筆直指向前方，小聲的說：

「那是門啊，圓形的門。」

有禮和其他人都注視著皮可手指的方向。

前方是被石柱包圍的圓形地面。

就在這時，伊波倒吸了一口氣，壓低聲音對其他人說：

「黃泉軍回來了，他們從大門進來了。繼續留在這裡會被發現，我們趕快躲去校舍後方。」

12 天地方程式

有禮和其他人走上階梯來到校舍前時，獨眼影子也剛好從大門走進操場。

「這裡！」

伊波小聲說著，繞到校舍的北側。

有禮和其他人躲在建築物後方，觀察影子的動靜，同時看著已經變了樣的校舍。

那裡已經不是原來的校舍了，原本漆了象牙色油漆的水泥牆，好像塗了一層黑色焦油般的硬膜，上頭沒有窗戶、門和排氣孔，只是一個出現在地面上的黑色堅硬四方體。

安川用手拍打黑色校舍的堅硬表面，小聲說：

「好牢固啊！要怎麼把躲在裡面的那些傢伙送去地底？」

有禮也有相同的不安。如果光流剛才吹奏的天音完全無法傳達給黃泉神，那就表示送神的咒語無效，這樣一來要怎麼把黃泉神送入地底？

走進操場的獨眼影子並沒有走向校舍，而是在有禮他們剛才差點被逼得走投無路的巨石陣附近打轉。

伊波確認完狀況後小聲的說：

「只要打開通往地底的天扉，隱身所的世界就會劇烈搖晃，到時候保護黃泉神的這個堡砦應該也會崩解，只不過……」

伊波說到這裡停頓了一下，似乎有點難以啟齒。

「只不過什麼？」Q焦急的插嘴。

伊波接著說：

「只不過我也沒聽說過這麼大、這麼堅固的堡砦。雖然我之前就知道這個隱身所的規模很大，但這個堡砦的規模實在是大得驚人，所以我不太清楚正常的步驟能不能奏效……」

「喂，都已經到這個地步了，你竟然說這種話。」

Q小聲逼問伊波。

「這不是天神的作戰計畫嗎？應該不會發生無法掌控的狀況吧？」

「應該是……」伊波不置可否的回答。這時手拿球棒的春來開了口：

「要不要挑戰看看能不能打壞？」

春來的發言和目前緊張的情況格格不入，有禮和其他人都啞口無言，陷入了比瞬間更長一點的沉默。春來似乎以為大家都同意她這樣做，於是以迅雷不及掩耳的速度，在他們面前舉起手上的球棒。

「匡噹」一聲，打在黑色立方體角落的球棒斷成兩截，其中一截還飛了出去。折斷的球棒掠過Q的鼻尖，他勉強躲過一劫，拚命忍住慘叫聲，瞪大眼睛看著春來。

「你想要我的命嗎？」

「不要亂來！」

伊波也壓低聲音斥責春來。

「你不是叫我動手嗎？」

12
天地方程式

春來露出凶惡的眼神回瞪伊波。

「他沒說、他沒說。」安川說到這裡，突然繃緊了身體。

下一剎那，有禮的腦海中聽到了模糊不清的聲音。

「天地結——

天地結——」

天地結？有禮看著轉達天神訊息的安川，腦中再度響起了模糊不清的聲音。

「天地結時，

天扉開，則通地，

地砦崩，亦歸無。

天地結——

天地結——

天地結——」

站在光流身旁的皮可，突然伸手抓住了Q的連帽衫衣襬。

皮可抬起頭，露出笑容說：

「Q，你把咒語寫在門上，就是連結天地的咒語。」

Q大吃一驚，不知所措的低頭看著皮可問：

「啊？我嗎？咒語？寫在門上？」

皮可一隻手抓著Q的連帽衫，另一隻手指著操場，用央求的語氣說：

「你去寫咒語啊。在天扉上……就是連結天地的咒語，然後那道門就會打開了。」

有禮等人看著皮可手指的方向，那裡是獨眼影子在來回打轉的巨石陣。

「應該就是那裡……」伊波小聲的說：「被石柱圍起來的地面，天扉應該就在那個圓的中間。」

光流緊緊握著手上的長笛問：

「但是要怎麼做？有那麼多獨眼影子在那裡……」

「我來把他們引開。」

伊波用堅定的語氣說。

在眾人驚訝眼神的注視下，伊波放下身上的背包，不知道從裡面拿出了什麼東西，然後再次對所有人說：

「我會把他們引開，你們趁這個時候把門打開。」

喀嚓一聲，伊波點燃了右手拿著的打火機，然後把握在左手上的細長筒狀物靠近火焰。

是煙火嗎？不對，好像是發煙筒。發煙筒點燃之後，前端噴出了粉紅色的光和煙霧。

伊波把發煙筒高舉在頭上，大叫著跑了起來。

「喂！黃泉軍！在這裡！我在這裡！」

伊波從校舍前方往南跑。操場上的黃泉軍立刻被發出強光和聲音的目標吸引過去，幾十顆眼珠子在黑暗中追蹤著奔跑的伊波。

伊波對著他們的眼珠子甩動發煙筒。

「伊波！」

有禮忍不住大喊伊波的名字，但伊波的怒斥聲掩蓋了他的聲音。

「閉嘴！不要發出聲音！我才是他們的目標！」

伊波在彎進校舍西南方的轉角時大喊：

「快去！去門那裡，動作要快！Q，趕快寫連結天地的咒語，趕快把門打開！」

獨眼影子紛紛向伊波的方向移動。

「覡……覡……覡……」

「巫……巫……巫……覡。」

「覡、覡、覡……」

獨眼影子發出尖叫聲追趕著伊波。他們走上階梯，追向散發粉紅色強光的方向。聚集在一起的黑色影子，有如海浪般無聲無息的流動。

校舍後方傳來砰、砰、砰的熱鬧爆炸聲。伊波這次似乎施放了煙火，有禮茫然的站在那裡，Q則伸手推了推他的肩膀。

Q用眼神說「走吧」，不過有禮仍然一動也不動的站在原地，Q注視著有禮的眼睛，對他點了點頭，用眼神示意操場的方向。

走吧，必須把連結天地的咒語寫在門上。

那群影子在不知不覺中消失了。有禮終於用力吸了一大口氣，等他把那口氣吐出來之後才邁開步伐。

春來抱起皮可，她的右手上仍然拿著折斷的半截球棒。她是捨不得丟掉武器？還是沒有機會丟？

「走吧，動作快。」

腦海中響起安川的聲音。Q和有禮走在最前面，手拿長笛的光流和抱著皮可的春來跟在後面，安川殿後，觀察著四周狀況跟了上來。

他們走下階梯進入巨石陣內側後，獨眼影子從校舍後方傳來的叫聲似乎也變遠了。

春來把皮可放在巨石陣內。

「這裡……」

皮可一站到地上，就指著巨石陣的正中央注視著Q。

「寫在這裡。Q，你要把連結天地的咒語寫在這裡。」

「要寫什麼？要寫怎樣的咒語？」

Q著急的問皮可，但是皮可只是一言不發的望著Q。

連結天地……有禮絞盡腦汁思考著天神傳達的訊息。

這是怎麼回事？要怎樣才能把天和地——把天空和地面連結起來？

有禮抬頭仰望隱身所內漆黑的天空，圍成圓形的石柱朝著黑暗的虛空伸展。有禮想起古代人認為可以用柱子連結天和地，古埃及的太陽神神殿前聳立著聖柱，還有馬丘比丘遺跡裡留下的拴日石。拴日石在當地古老的語言中，代表著「連結太陽的柱子」。古代人認為柱子具有連結太陽和地面，也就是具有連結天和地的力量，能讓天神順著柱子降臨地面。

「喂，有禮，你倒是說話啊！」

Q無法從皮可口中得到答案，於是小聲的叫著有禮。

「你趕快說點什麼！我到底要寫什麼？你知道咒語是怎麼回事嗎？」

「不知道……」

有禮搖了搖頭，然後輕聲把浮上心頭的片斷資訊說了出來。

「只是……古代人認為柱子可以連結天地。」

「連結天地？」

12
天地方程式

Q也仰頭看著石柱，但很快又將視線移回有禮身上，似乎不了解其中的意思。

「但是要怎麼連結？柱子只是出現在這裡，根本沒辦法拿來用吧？如果柱子可以伸展，或許是可以高到天上啦……」

「但是……」這次換成春來開口，「再怎麼高的柱子也高不到天上吧？這裡是隱身所，柱子再高也只會碰到包裹隱身所的繭啊？」

有禮覺得春來的話很有道理。

「又有訊號了……」

安川心神不寧的看著四周喃喃自語，然後把天神的訊息傳到有禮他們的腦中。

「天地結——

天地結——

天地結——

天地結時，

天扉開，則通地，

地砦崩，亦歸無。」

訊息和剛才的內容完全相同。

天神命令他們把天地連結在一起，只要把連結天地的咒語寫在門上，那道門應該就會打開，但是——

這裡沒有天。

有禮回想著春來剛才所說的話，環視隱身所。雖然這裡有很多柱子，但柱子上方並沒有天空。這裡是被黃泉藺包覆的隱身所。

在沒有天的世界，要如何連結天地？

「Q，你趕快寫連結天地的咒語。」

皮可再次說道。

有禮注視著仰望Q的皮可，突然想到皮可剛才給大家看的那幅畫。

黑色的四方形和白色的圓形，立方體和圓……

有禮的心中浮現了一個想法。可能是看到有禮露出恍然大悟的表情，Q急忙問他：

「怎麼了？是不是想到了什麼？」

「立方體和圓。」

有禮把浮現的想法直接說了出來。

「立方體和圓？」

Q眼神銳利的看著有禮，似乎想要了解這句話背後的意義。有禮點了點頭，繼續說下去。

「你看這裡，這個被石柱圍起來的地面，像不像是一個圓？所以這裡有圓形。圓是象徵天的圖形，所以天神說的『天』，也許就是指這個圓形，因為隱身所內並沒有真正的天空……」

「那地呢？」

光流在一旁問道。有禮瞥了她一眼，指向黑色的校舍。這時，校舍後方連續傳來啪、啪、啪、啪、啪、砰的爆炸聲。

所有人都抖了一下，倒吸了一口氣。

有禮驚慌失措，但還是繼續說明：

「四方形不是象徵大地的圖形嗎？所以我想那個黑色的立方體可能就代表了地。

皮可的畫……那幅畫中的黑色四方形指的是黑色校舍。皮可畫的黑色四方形和白色圓形，四方形是校舍，圓形是天扉，如果皮可是從天神那裡接收了畫面然後把圖畫出來，那麼畫中的四方形和圓形是不是有某種意義……我是這樣思考的。」

Q陷入了沉思。光流看到Q沒有吭氣，忍不住問有禮：

「所以『天地結』的意思，就是要把校舍和這個圓圈連結在一起嗎？它們離得這麼遠，要怎麼連結？」

光流目測著自己腳下的操場和黑色校舍之間的距離，露出不安的表情。

「不……」

Q說了這句話，所有人都驚訝的看著他。

Q用嚴肅的眼神注視著地面，小聲的說了起來：

「校舍和圓圈不行，圓形和立方體也沒辦法，必須把圓形和正方形連結在一起才是連結天和地。我覺得應該是把操場上被石柱圍起來的這個圓形，和隱藏在黑色校舍下的正方形連結在一起，也就是校舍下方房子和地面的連接面，簡單說就是校舍的地面……」

「哪裡不一樣？這和把圓圈跟校舍連結在一起哪裡不一樣？方法是什麼？怎樣才能把圓形和正方形連在一起？」

即使光流生氣似的連續發問，Q仍然看著地面，沒有抬起頭。他已經完全進入了自己的世界，持續的自言自語：

「這是古希臘三大難題之一。用直尺和圓規作圖……化圓為方，畫出一個和圓形面積相等的正方形，只要圓形和正方形的面積相等，圓形和正方形一致，天和地就會合而為一。這是古希臘人想出的問題。」

有禮也知道古希臘數學的三大難題。

這三大難題分別是三等分任意角問題、立方倍積問題，以及化圓為方問題。其中的化圓為方，就是Q剛才說要畫出一個和圓形面積相同的正方形。但是……

「這個問題最後不是無解嗎？一八八二年，費迪南德·馮·林德曼不是證明了π是超越數，無法用直尺和圓規畫出和圓相同面積的正方形嗎？」

「是啊……」

Q點了點頭。皮可以外的三個人都聽不懂他們的對話，因此皺起了眉頭。

「但是在公式上，可以把圓形和正方形連結在一起。」

Q說完這句話後，從春來手上拿走折斷的球棒，在大家的注視下用冒出很多尖刺的半截球棒，在皮可剛才指定的圓圈中央寫上了方程式。

$\pi r^2 = a^2$

「這是什麼？」

安川看著地上的方程式問。

「我數學不行……」

春來看著腳下的方程式往後退。有禮看著方程式，理解了Q想要表達的意思。

「πr^2」是半徑為r的圓形面積，a^2則是邊長為a的正方形面積，將兩者用等號連結，就是Q剛才說的「在公式上，可以把圓形和正方形連結在一起」。現在他們的腳下，在天扉上的圓形和正方形……天和地連結在一起了。

但是，一點變化也沒有。即使Q在圓圈中寫完了方程式，隱身所內也沒有出現任何變化的跡象。

校舍後方持續傳來爆炸聲和影子的叫聲，黑暗中也不時亮起耀眼的火光，但有禮他們所在的操場卻一片寂靜，黑色的校舍也沒有任何改變。

錯了嗎？難道是其他的答案嗎？我和Q都搞錯了方向嗎？

正當有禮這麼想的時候，皮可突然採取了行動。剛才始終默默站在原地的皮可，向前踏出右腳，用鞋底擦掉了方程式的一部分。

皮可用鞋底擦掉表示正方形面積的a^2後，抬頭看著Q說：

「不行，這裡不能寫英文，要寫數字。」

「數字？」

原本低頭看著地面的Q抬頭看向皮可。

皮可的話喚醒了有禮內心的某個東西。

「啊……」有禮瞪大眼睛，看了看皮可，又看了看少了一半的方程式。

「怎麼了？」Q問。

有禮把視線移到Q的臉上，一口氣說出自己的想法。新的發現讓他心跳加速。

「是不是應該代入數值？你寫的方程式太普遍了，那個方程式代表了所有面積相等的圓形和正方形不是嗎？但是，天神是要連結這個圓形和那個正方形，所以必須要代入數值，才能夠把這兩個圖形連結起來。」

Q的臉上露出困惑的表情，再次不知所措的低頭看著方程式。

「但是要代入a的數值，不就是要寫出校舍下方地面的正方形邊長嗎？誰知道校舍占地面積的邊長啊？還是要現在去測量？」

「6280公分。」

有禮急忙回答。

Q露出疑問的眼神，目不轉睛的看著有禮。有禮又重複了一次。

「我想起來了，圖書室的學校資料圖上有寫這個數字，那棟校舍的單邊長度是6280公分。」

有禮話音剛落，Q就開口說出了計算結果。

「39438400。」

Q的嘴角露出像是吃了什麼美味點心的幸福笑容。他一眨眼就算出了有禮所說數值的平方值，然後用球棒寫在被擦掉的方程式右側。

$$\pi r^2 = 39438400\ \text{cm}^2$$

在Q完成這個方程式的瞬間，地面開始搖晃。

「哇、哇！」

安川重心不穩，整個人搖晃起來。光流和春來也不加思索的蹲下身體，有禮和Q也沒辦法站穩，放低了姿勢。

地面劇烈搖晃，發出好像海浪般的轟隆聲，周圍的石柱也跟著抖動起來。整個隱身所都在搖晃、擠壓，似乎發出了慘叫聲。

在這陣晃動中，有禮發現只有皮可若無其事的站在原地。他聽到皮可面帶微笑小聲嘀咕的話，忍不住渾身發毛。

「天地相連了，

天地相連了。

天扉要開了，地上的堡砦要崩解了。」

「啊！柱子在移動！」

安川大聲叫著。

沒錯，排成圓圈的石柱在移動，它們從圓心向外擴大，石柱圍成的圓圈面積變得越來越寬廣。

「趕、趕快逃，柱子可能會倒下來！」

春來看著移動的石柱大叫。

「快、快逃！」

Q放聲大叫，拚命爬向圓圈外側。

「皮可，過來！」

有禮拉著仍然站在圓圈中央的皮可的手，搖搖晃晃的想逃到石柱外頭。

安川、光流和春來也搖搖晃晃的爬向外側。

馬上就能爬到石柱圍成的圓圈外了……正當大家這麼想著，搖晃突然停止了。

「停下來了……」

安川趴在地上咕噥著。

春來呆若木雞的環視著圓圈狀的石柱，地面和柱子都靜止不動，但和原來的圓圈相比，石柱的位置向外移動了一大段距離。石柱圍成的圓圈變大了，圓圈的直徑也變大了。

皮可笑著說：

「你們看，天和地連起來了。」

「該不會……」Q開口，「因為指定了正方形的面積，所以圓形的面積也跟著修正了？圓的大小配合我們指定的３９４３８４００cm^2進行了調整，使正方形和圓形的面積完全一致……」

「那是什麼意思？」

光流問道，她似乎還是聽不懂。

「意思就是這個方程式成立了。這個圓形和那個正方形現在終於用等號連結起來，天和地連結起來了。」

「你們看！」

春來驚恐的指著圓圈的中心，用沙啞的聲音說。

有禮和其他人原本看著黑色的校舍，聽到她的聲音後，立刻回頭看向身後的圓圈。

「哇！」安川大叫起來，「有一個洞！」

圓圈的中心，也就是Q剛才寫連結天地方程式的地面，不知道什麼時候露出了一個圓形的大洞。

站在有禮身旁的皮可平靜的說。

「天扉開了。你們看，地呰也崩解了。」

有禮等人聽到皮可的話，紛紛交換了一下眼神。皮可注視著黑色校舍，當有禮和其他人再度看向黑色校舍時，同時倒吸了一口氣。

「怎麼了？這是怎麼回事？」

光流在圓圈內站起身，定睛看著那片黑暗。

安川也把手放在眼睛上方，拚命想要看清楚發生了什麼事。

「怎麼了？在動嗎？這次是校舍開始搖晃嗎？」

有禮也搞不清楚眼前發生的狀況。黑色立方體的輪廓的確像是在晃動，但感覺又不太像。因為並不是整個黑色校舍在搖晃，而是只有頂部，立方體的形狀似乎扭曲變形了。

大家一動也不動的看著校舍，皮可在他們身後小聲的說：

「地砦崩，地砦崩。」

回頭一看，才發現皮可露出了笑容，他笑著凝視黑暗中的校舍。

有禮聽了皮可的話，再次緩緩抬頭仰望黑色校舍，然後終於理解了此刻發生的事。

「溶化了……黑色校舍溶化了……」

四方形的校舍頂部開始溶解崩落，宛如在呼應有禮所說的話。

校舍看起來像是一塊淋了水的漆黑巨大方糖。剛才春來用球棒敲打的堅硬立方體，現在竟然開始溶化、變形、塌陷，幾乎溶化了一半。

在逐漸溶化的黑牆後方，有個東西在動。

安川倒吸了一口氣，下一剎那，腦海中響起一個模糊的聲音。

「黃泉神甦醒！

黃泉神甦醒！

唱誦天音，召喚黃泉神。

吹奏天音，送走黃泉神。」

黑色立方體已經完全失去了原來的形狀，變形的黑牆中，現出了原本受地砦保護的東西。

翻騰的巨大黑色物體突然發出聲音。

「啊——嗯嗯，啊啊——嗯嗯，啊——嗯。」

「啊——嗯、嗯、嗯、啊——嗯。」

黃泉神的叫聲響徹了整個隱身所。

13 答案

「什……什麼？那是什麼？」

春來指著在倒塌牆壁後方搖晃的黑色巨物，用沙啞的聲音詢問。

「這和原本說的不一樣吧？伊波有說是這麼大的傢伙嗎？他只說過黃泉神像是很大的蝌蚪……不是嗎？」

Q臉色蒼白，注視著蠕動的巨大物體愣在原地。

皮可站在大家的身後說：

「全都聚集在一起，就像小黑魚一樣……」

「小黑魚？」

光流反問的話語，喚醒了有禮等人腦海中的共同記憶。那是小學課本上收錄的繪本故事，講述許許多多的小魚為了對抗巨大敵人的攻擊，全都聚集在一起形成一條大魚的形狀。

皮可的意思是，在倒塌牆壁後方出現的物體，是黃泉神聚集在一起的身影。

「啊——嗯嗯嗯，啊啊啊——嗯嗯，嗯啊——」

「啊——嗯，啊啊——嗯嗯——啊、啊、啊。」

黑色巨物叫著、喊著，扭動著身體。

包圍黑色巨物的黑牆已經溶化得只剩下一半，黃泉神的身影漸漸顯露出來，在昏暗中蠕動著發出聲響。

「怎麼辦？」

Q用力吞著口水，看著所有人。

「接下來該怎麼做？門好像打開了，但接下來要怎麼辦？那傢伙馬上就要出來了。」

皮可突然像是在唱歌似的小聲嘀咕。

「開始了……開始了……說開始，就開始。快排好……快排好……說排好，就排

13
答案

好……」

「什麼開始了？」春來一臉害怕的問。

「排好？要怎麼排？」

安川緊張的問。

皮可沒有回答任何問題，只是像在唸咒語似的，一直唸著相同的話語。

「開始了……開始了……說開始，就開始……」

皮可突然指著石柱圈中的一個位置，那個空隙就位在東北方那根最高的石柱旁。

「春來在那裡……」

「啊？那裡？」

春來轉頭看著皮可手指的位置，然後不知所措的看著皮可的臉。

「他是不是叫你站到那裡？」

Q猜測皮可的意思補充說明，但春來仍然沒有移動腳步。

皮可似乎放棄了，他指著相反的方向對Q說：

「Q在那裡。」

「ＯＫ。」

Ｑ順從的依照指示走向皮可所指的方向，站在柱子和柱子中間。

「這裡可以嗎？」

皮可沒有回答，而是看著光流發出指示。

「光流在那裡。」

那個位在柱子之間的空隙，比Ｑ再稍微偏北一點。

光流也按照皮可的指示，站去指定的位置。

有禮看著圍成圓圈的石柱，第一次發現了一件事。

排列在圓周上的石柱似乎原本就有七個空隙，這七個地方的石柱間隔比較大，皮可此時正讓七尊巫覡分別站進這七個位置。巫覡和巫覡之間相隔了七根石柱，每七根石柱之間就有一個空隙，七尊巫覡就站立其中。

五十六？巫覡站進去之後，加上石柱的數量就是五十六。

和巨石陣一樣！和公元前三〇〇〇年，在英國巨石陣挖的奧布里坑數量相同。每個奧布里坑都有一根石柱，五十六個凹洞就有五十六根石柱……

13
答案

五千年前的遺跡和隱身所內石柱圈的奇妙吻合深深吸引著有禮。

「有禮站那裡。」

皮可的聲音把他拉回了現實。

皮可指著東南方的位置，那裡也有空隙。

有禮避開圓圈中央的大洞，在走向皮可指定的石柱空隙時察看四周，發現其他人已經就定位了。

春來也照皮可一開始說的，站在那根最高的石柱旁，並且不停的關注背後的狀況。從溶化的堡砦中現身的黃泉神就在她背後，黃泉神聚集而成的黑色物體仍然不斷扭動身體發出叫聲。

「啊——嗯嗯，啊啊啊啊——啊嗯嗯——」

以逆時針的順序來看，安川站在和春來相隔七根石柱的位置，然後再隔七根石柱的位置站了光流，接著是和光流隔了七根柱子的Q，再來和Q隔著七根石柱的位置站著皮可，而有禮也站在和皮可相隔七根柱子的空隙。有禮另一側隔了七根石柱的位置目前還空著，當有禮在皮可指定的位置站定時，他聽到皮可指著最後一個空位說：

「伊波站那裡……」

就在這時，一個人影像是在回應皮可似的衝進正門。那個人影在衝進正門後停了下來，四處張望著用力喘氣。

有禮的位置可以清楚看到那個人的臉。是伊波！伊波就站在正門旁！

「伊波！」

有禮忍不住大叫他的名字。

站在大門旁東張西望的伊波發現了有禮，立刻朝石柱圈跑了過來。

「伊波！這裡，這個空隙！」

有禮繼續大叫。

「站在石柱的空隙！那個空位是你的位置，皮可叫你站在那裡！」

有禮大聲叫著，感受到極大的安心，他凍結的心臟又緩緩跳動了起來。

伊波平安無事，他平安回來了！

伊波機靈的理解了有禮的指示，立刻站到自己的位置。

「伊波，你沒事吧？」

Q隔著大洞大聲詢問。

「有事就不會站在這裡了！」

伊波的回答很討人厭。

這時，黃泉神的叫聲變了。

「喔喔嗚嗯嗯嗯……喔喔喔……嗚嗯……」

黃泉神的聲音比之前更粗、更低，宛如轟鳴的聲音震撼了隱身所的空氣。

黑色巨物扭著身體蠕動，好像隨時會抬起頭來。

「我不想站在這裡！」

春來大叫著。

伊波用不輸給黃泉神的咆哮大喊：

「門已經開了！好，現在開始送神！」

「哇！他站起來了，他站起來了！」

Q大聲叫嚷。有禮驚訝的往上看，發現黑色巨物在柱子後方抬起了頭。

喔喔嗚嗚嗯嗯……喔喔嗚嗚嗚嗯嗯嗯。黃泉神發出轟鳴般的咆哮，終於站了起來。在昏暗的隱身所內，那個黑色的輪廓清晰可見。當有禮看到黃泉神聚集而成的巨物時，他害怕得全身都起了雞皮疙瘩。那個東西簡直就像是暗黑、邪惡的嬰兒。

那個怪物有一個巨大的腦袋，頭頂正中央還有一顆閃閃發亮的紅色眼珠子。他瘦小的身體上長著一顆難以支撐的巨大單眼腦袋，只靠兩條細長的腿站在地上，擺動著兩隻短小的手臂，腦袋也緩緩搖動著。

「我不要站在這裡！誰來和我換位置！」

春來發出尖叫。

「光流，吹奏天音！」

伊波大叫著下達指示。

「不行！」

光流也大叫著回答。站在Q和安川之間的光流握緊長笛，露出悲痛的表情。

「不行，我聽不到天音！」

「聽不到？」

伊波情緒激動的問。

「這是怎麼回事？門已經打開了，黃泉神也現身了，為什麼聽不到天音？快點，必須趕快把這傢伙送入地底！他正在召喚黃泉軍，那些黃泉軍很快就要回來了！」

這時，有禮的腦海中響起天神的話。

「唱誦天音，召喚黃泉神！

吹奏天音，送走黃泉神！

唱誦天音，召喚黃泉神！

吹奏天音，送走黃泉神！」

站在天扉周圍的七尊巫覡似乎都接收到了這些話——接收到安川轉達的訊息。

「有禮！」

伊波突然叫出有禮的名字，害他嚇得抖了一下。站在相隔七根石柱位置的伊波，露出緊張的眼神看著他。

「有禮，是你！如果你不唱誦天音，送神儀式就無法開始。我相信這才是正確的步驟，你是『唱者』，所以你要唱誦天音，把黃泉神召喚到這個圓圈裡，然後光流再吹奏天音，把黃泉神送入地底——這就是天神作戰計畫的步驟。如果你不唱誦天音，就無法開始送神。有禮，趕快唱誦天音！」

有禮簡直快崩潰了。他用力深呼吸好幾次，試圖安撫自己的心情。

我要唱誦什麼？要我唱誦天音是怎麼回事？我不知道、我不知道、我不知道啊！他覺得自己好像被單獨丟進了一片漆黑的空間。他能感受到另外六個人的視線，他們站在圓圈狀的柱子和柱子之間注視著自己。

天神的話語再度在腦海中響起。

「唱誦天音，召喚黃泉神——

吹奏天音，送走黃泉神——

唱誦天音，召喚黃泉神——」

這些話語像是在逼迫他似的，讓他渾身冷汗直流、雙腳顫抖。

我不知道，我不知道，我不知道。

「有禮！」

他聽到了Q的聲音。Q從遠處的石柱空隙對有禮大喊：

「別擔心，絕對不會沒有任何提示。剛才打開天扉不是也有提示嗎？天神告訴皮可圓形和四方形的圖，而你發現了那個提示。發現線索的人不是我而是你，所以你一定已經收到提示了。不必擔心，你一定會找到的。你放鬆心情好好想！但是要趕快想，趕快認真想！」

光流也在Q的身後大聲對有禮說：

「天神是不是要你把天音的樂譜讀出來？唱誦天音和吹奏天音，指的不都是『天音』嗎？我吹奏的和你唱誦的都是天音……」

有禮搖了搖頭。

「我沒辦法唱誦天音的樂譜，每次都是聽你用長笛吹奏旋律，我只是慢慢跟著哼而已。」

伊波也開口說：

「你要想一想為什麼會選中你！只有你能勝任『唱者』的角色，所以也一定只有你才能唱出天音，你要仔細尋找！」

只有我才能唱出的天音？

提示在哪裡？哪裡有提示？

他的雙腳在不知不覺中停止了顫抖，有禮陷入了思考的深淵。

他絞盡腦汁努力尋找隱藏在黑暗深處的無形線索。

「啊！他好像過來了！」

春來的叫聲聽起來很遙遠。

「過來了！他們過來了！」

皮可尖叫著。

「是黃泉軍！可惡，他們攻過來了！」

伊波發出怒吼。

但是有禮仍然沒有停止思考。

幾個記憶的片斷，突然在黑暗深處閃爍著光芒。

——神之語詞為樂；神之標詞為數。

這是伊波家傳下來的話。

——不都是「天音」嗎？我吹奏的和你唱誦的都是天音。

這是光流剛才說過的話。

最後浮現了Q一臉得意的臉。

——我把所有的英文單字都換成數字來記憶。

有禮恍然大悟。零星的記憶碎片突然在腦海中合而為一，展現出明確的意義。

他終於知道為什麼每次聽光流吹奏天音，自己都會覺得那個旋律很熟悉。原來自己知道的並不是那首樂曲，而是那些音符的排列。

從低音Si到高音Re為止的十個音，自己在無意識中將這些音符替換成0到9的數字。

有禮脫口說出終於找到的答案。

「是π！天音是π！」

聽了有禮的話，Q立刻回答。

「是喔，原來是π！所以才會選中你，只有你才能唱誦出π的數值啊！」

π這個匪夷所思的數值，雖然出現在所有圓周上，卻沒有人能夠了解這個神祕數值的全貌。這個數值會永無止境的延續，包含了這個世界所有的一切。

「有禮，快把π唱誦出來！」

Q的大喊傳入耳中。正當有禮用力吸氣準備唱誦π時，他聽到了伊波的驚叫聲。

「來了！嗚哇，完了，要被他們吞噬了！」

有禮抬頭看向石柱上方，看到了準備吞噬石柱圈的漆黑浪濤。浪濤翻騰、洶湧，以猛烈的速度逼近石柱圈的上方。浪濤中出現了眼珠子，無數眼珠低頭看著他們，有禮這才知道眼前的浪濤是聚集在一起的黃泉軍。

「啊——喔喔嗚嗚嗯——喔喔嗚嗚嗚嗯——」

黃泉神的聲音震撼了隱身所，就在這時，翻騰的黑色浪濤猛然向有禮他們撲了過來。

漆黑的浪濤沖入石柱圈內，在他們即將被吞噬的剎那，排山倒海的恐懼襲擊了有禮。他渾身疼痛不已，像是有千千萬萬把刀子刺進了他的身體，自己即將被千刀萬剮。

可惡！來不及了，晚了一步！

有禮的內心湧現懊惱的情緒。好不容易才搞清楚自己的使命，好不容易才發現自己該唱誦的天音，沒想到這一切都要被黑暗吞噬了，這次又是黃泉神獲得勝利。

都怪我、都怪我，如果我早一點想到答案，就可以轉危為安了……我失敗了，我害隊友全軍覆沒，是我連累了大家！

恐懼和痛苦越來越強烈，漆黑冰冷的黑暗從四面八方擠壓著有禮。他無法呼吸，血管內好像都是針，這些針隨著脈搏的跳動在體內流動，難以忍受的痛楚貫穿全身。

他無法繼續站立，忍不住蹲了下來。

他似乎聽到黃泉神在黑暗彼端發出了笑聲。

「啊啊啊嗯啊嗯啊喔喔喔嗚嗚……嗯、嗚嗯……」

黑暗深處突然亮起一道光芒。

那道光芒把有禮逐漸遠去的意識拉了回來。

那是什麼？

的確有某個東西在發光，在黑暗深處發光。有禮發現那道光芒漸漸增強，耀眼的白色光芒推開了包圍有禮等人的黑暗。

隨著黑暗逐漸淡化，包圍身體的疼痛和恐懼也漸漸緩和。

光芒越來越明亮、越來越強烈、越來越耀眼，原本籠罩了整個隱身所，幾乎將有禮他們壓垮的黑暗，也漸漸被那道光芒消除。

有禮慢慢看到了蜷縮、趴倒在黑暗深處的其他人。

在漸漸淡化的黑暗中，他看到了發光的物體。

那個東西豎立在Q身旁的那根石柱上。

發出明亮光芒的圓形物體——

是鏡子！

看來是那面銅鏡綻放了光芒。Q把皮可在鏡池池畔撿起的舊銅鏡，裝在背包裡帶進了隱身所。他是什麼時候把鏡子放在那裡的？還是黃泉軍進攻時，鏡子從Q的背包裡掉出來，剛好掉在那裡？

豎立在石柱旁的銅鏡散發出強烈的光芒。

大家都在逐漸被光明趕走的黑暗深處動了起來。

有禮抬頭張望，發現在遙遠的另一頭，有一道明亮的光線穿過黑暗照進了隱身所。那道光直直照射在銅鏡上，銅鏡聚集了光源，散發出更強烈的光芒。

從鏡面溢出的光芒越來越強烈，黑暗也越來越淡薄。

所有人都擺脫了黑暗的浪濤，如夢初醒似的四處張望。

「這是怎麼回事？」

黃泉神的咆哮淹沒了安川的嘀咕。

「喔喔喔嗚喔喔嗯嗯，喔喔……啊喔嗚嗯……」

抬頭一看，黃泉神的聚集體在滿溢的光芒中搖晃著巨大腦袋，紅色的眼珠子流出了漆黑的眼淚。

他在哭……黃泉神在哭！

有禮用力深呼吸，終於搖搖晃晃的站了起來。

和有禮相隔七根石柱的伊波，也準備從陰影處站起來。

有禮看到Q扶著石柱站立。

春來站在聳立的柱子旁。

皮可也已經站在自己的位置。

安川和光流也搖晃著站起身，各自在柱子間的空隙站定。

七尊巫覡各就各位時，黃泉神的咆哮震耳欲聾，整個隱身所都搖晃了起來。

「有禮，趕快唱誦天音！」

伊波大吼。

「有禮，趕快唱誦π！」

Q也大叫出聲。

光流舉起長笛，站在對面注視著有禮。

安川傳達的天神話語，在有禮的腦海中響起。

「唱誦天音，召喚黃泉神！

吹奏天音，送走黃泉神！」

為了安定心情，有禮慢慢的吸了一口氣，然後開始唱誦天音，唱誦π，唱誦天神永無止境的話語。

「3．14159265358 9……」

「喔啊啊——喔喔嗚嗯，喔嗚嗯嗚嗯喔——」

13
答案

黃泉神在哭。黑色巨物邊哭邊移動，用兩條細腿踩著隱身所的地面，像是被吸引過來似的緩緩移向石柱圈。他的兩條短手臂在黑暗中掙扎，好像試圖要抓住什麼東西。巨大的腦袋不停擺動，左搖、右晃、左搖……

「81640628620……」

黃泉神被有禮唱誦的π吸引過來。

他的兩腿細腿無聲的踩踏地面，紅色眼珠子流下了黑色的眼淚，巨大的腦袋還在擺動，左搖、右晃、左搖、右晃。

黃泉神已經近在眼前。

黃泉神的細腿已經輕輕跨過石柱上方。

有禮繼續唱誦著π。

「481117450284102701938521105559644622948
954930381964428810975665933446128475648233
786783165271201909145648566923460348610454
326648213393607260249141273724587006606315

8	6	9	6	2	4	1	1	3	2	1	4	3	5
3	4	5	2	5	6	4	7	9	2	0	3	6	8
8	2	1	9	8	8	5	6	4	7	5	3	0	8
7	5	0	7	9	4	2	2	9	9	1	0	0	1
5	2	5	7	2	4	6	9	4	3	1	5	1	7
2	2	9	4	3	0	3	3	6	8	8	7	1	4
8	3	7	7	5	9	5	1	3	1	5	2	3	8
8	0	3	7	4	0	6	7	9	8	4	7	3	8
6	8	1	1	2	1	0	6	5	3	8	0	0	1
5	2	7	3	0	2	8	7	2	0	0	3	5	5
8	5	3	0	1	2	2	5	2	1	7	6	3	2
7	3	2	9	9	4	7	2	4	1	4	5	0	0
5	3	8	9	9	9	7	3	7	9	4	7	5	9
3	4	1	6	5	5	8	8	3	4	6	5	4	2
3	4	6	0	6	3	5	4	7	9	2	9	8	0
2	6	0	5	1	4	7	6	1	1	3	5	8	9
0	8	9	1	1	3	7	7	9	2	7	9	2	6
8	5	6	8	2	0	1	4	0	9	9	1	0	2
3	0	3	7	1	1	3	8	7	8	9	9	4	8
8	3	1	0	2	4	4	1	0	3	6	5	6	2
1	5	8	7	9	6	2	8	2	3	2	3	6	9
4	2	5	2	0	5	7	4	1	6	7	0	5	2
2	6	9	1	2	4	5	6	7	7	4	9	2	5
0	1	5	1	1	9	7	7	9	3	9	2	1	4
6	9	0	3	9	5	7	6	8	3	5	1	3	0
1	3	2	4	6	8	8	6	6	6	6	8	8	9
7	1	4	9	0	5	9	9	0	2	7	6	4	1
1	1	4	9	8	3	6	4	9	4	3	1	1	7
7	8	5	9	6	7	0	0	4	4	5	1	4	1
7	8	9	9	4	1	9	5	3	0	1	7	6	5
6	1	4	9	0	0	1	1	7	6	8	3	9	3
6	7	5	9	3	5	7	3	0	5	8	8	5	6
9	1	5	8	4	0	3	2	2	6	5	1	1	4
1	0	3	3	4	7	6	0	7	6	7	9	9	3
4	1	4	7	1	9	3	0	7	4	5	3	4	6
7	0	6	2	8	2	7	0	0	3	2	2	1	7
3	0	9	9	1	2	1	5	5	0	7	6	5	8
0	0	0	7	5	7	7	6	3	8	2	1	1	9
3	3	8	8	9	9	8	8	9	6	4	1	1	2
5	1	3	0	8	6	7	1	2	0	8	7	6	5
9	3	0	4	1	8	2	2	1	2	9	9	0	9
8	7	2	9	3	9	1	7	7	1	1	3	9	0

13
答案

253490428755468731159562863882353787593751
957781857780532171226806613001927876611195
9092164201989……」

「喔啊啊——啊喔嗚嗯——嗚嗚——嗚嗯——」

黃泉神的聲音響徹隱身所。

黃泉神跨過石柱的腳一踏入圓圈內側，光芒中便響起清亮的長笛聲。

光流開始吹奏天音。

跟著有禮唱誦的π，長笛吹奏出天音的旋律。

長笛的聲音和π的數值交織在一起。

黃泉神已經進入石柱圈內，他站在大洞的邊緣，搖晃著碩大的腦袋，被銅鏡的光芒包圍，發出咆哮聲。

「喔喔嗚——嗚嗯——嗯——啊喔喔嗚嗚嗚——」

「小心！」

伊波大叫著。

「地面要塌陷了！」

有禮在唱誦π的同時，驚訝的看向腳下。

石柱圈中心的大洞邊緣開始坍塌，周圍的地面也被吸了進去，地洞變得越來越大。

銅鏡散發出金色的光芒。

黃泉神的黑色身影被金光籠罩擊碎的同時，石柱圈的底部也整個陷落下去。有禮他們所站的位置，還有石柱內側的地面，全都掉進了無底的黑暗中，周圍響起震耳欲聾的地鳴。

剎那間，被擊碎的黃泉神似乎變成了幾千萬隻的黑色小蝴蝶，但這群蝴蝶也在轉眼間就被吸進了大洞，消失在地底。

下一剎那——

「推倒忌柱！

推倒忌柱！

關閉岩屋門！關閉岩屋門！

「關閉岩屋門！關閉岩屋門！」

天神的話語在腦海中響起。

「春來！就是那根，那根柱子！」

伊波激動的指著春來身旁的巨大石柱。

「那根石柱一定就是忌柱，所以天神才會安排你站在那根柱子旁！」

春來似乎理解了伊波的……不，是理解了天神的指示。

「要把這個推進洞裡嗎？」

「對，沒錯！」

伊波點著頭說。

「上啊，浩克！輪到你上場了！」

Q大叫著。

「浩克，浩克！」

皮可也跟著喊。

「吵死了！」

春來大聲喝斥，朝石柱外走了一步。她拍了拍手，然後將雙手手掌放在巨大的石柱上，雙腿用力踏穩腳步。

巨大的石柱差不多像校舍一樣高，與其說是石柱，更像是一座尖銳的岩石山。站在那座山下的春來，看起來就像豆粒般矮小，就算她再怎麼力大無窮，恐怕也很難輕易推倒那根柱子。

「加油，浩克！不對，是春來！」

雖然Q改口了，但皮可仍然沒有改口。

「加油、加油！浩克！」

有禮繼續唱誦數千位數的π，同時看著推動石柱的春來。

那是千引石，是需要一千個人才能移動的岩石……

這時，春來嘴裡發出了使勁時的吆喝聲。

隨著分不清到底是「嗚哇」還是「喔啊」，或是「嘎啊」的嘶吼聲，巨大的石柱用力搖晃了一下。

「好厲害！」

13
答案

Q興奮的叫著。

「好厲害！浩克好厲害！」

皮可也跟著大叫。

「推倒忌柱！

推倒忌柱！」

天神的話語再次響起。

春來又大喊了一聲。當她嘴裡發出用盡全身力氣的聲音時，石柱終於被她推倒了。

有禮他們屏息斂氣的看著宛如巨大岩石山的石柱，像慢動作般緩緩倒向地面的大洞，然後消失無蹤。

「趕快離開柱子！」

伊波大叫著。

所有人猛然回過神，看著自己兩側的石柱。

圍成圓圈的石柱接連倒下，像是在跟隨春來推倒的那根巨大石柱一樣，朝大洞的中心倒了下去。

有禮在自己兩側的石柱倒地之前，向後跳離了石柱圈。Q、伊波、安川、皮可和光流，也連滾帶爬的從柱子之間逃離，後退著離開石柱圈。

有禮不再唱誦 π，光流也停止吹奏天音後，周圍陷入了一片難以置信的寂靜。

一根又一根柱子無聲無息的倒下，倒向那個無底洞裡。

有禮站在無聲的世界，注視著吞噬那些柱子的漆黑深淵。被吸進洞內的黃泉神已經不見蹤影，也聽不到他們的叫聲。

豎立在石柱圈邊緣的最後一根柱子倒了下來，被吞進地洞的深處。某個閃閃發亮的東西，也和那根柱子一起掉了進去。

是鏡子！當有禮意識到這件事時，無底的黑洞散發出耀眼的光芒，光芒從大洞的邊緣滲透出來籠罩四周。金色的光實在太刺眼了，有禮忍不住閉上了眼睛。

即使隔著眼瞼，光芒仍然滲進了眼睛深處。強烈、激烈而美麗的光芒。

當光芒消失後，寂靜再度包圍了有禮，然後——

一切又回到了有禮的四周。

13
答案

聲音、風、光、六月早晨的氣味。

有禮戰戰兢兢的睜開閉上的眼睛。

他最先看到了Q。Q站在操場正中央，膽戰心驚的東張西望。安川、春來也一臉不安的看著周圍。

有禮看到了校舍，那是栗栖之丘學園的校舍，風吹著操場周圍的櫻花樹，樹梢搖曳生姿，欄杆外是新城的街道。

光流不知所措的把玩著手上的銀色長笛，注視著操場的地面。剛才張開大口、通往黃泉的地面已經恢復了原狀，好像什麼事都沒發生過。

皮可茫然的仰望天空，伊波用力伸著懶腰。

「我們回來……了嗎？」

Q看著有禮問。

「嗯，應該是……」

有禮點了點頭，然後用力吸著初夏的風。

「辛苦了。」

伊波說完，拍了拍身旁春來的肩膀。

即便伊波碰到了春來，也完全沒有發生任何狀況。

「咦？怎麼回事？沒問題了嗎？現在碰到也沒關係了嗎？」

春來看著拍自己肩膀的伊波，驚訝的問。

「已經結束了。」

伊波用開朗的語氣回答。他在早晨的陽光中看起來很狼狽，不知道是因為剛才放煙火還是放鞭炮的關係，他的衣服上到處都是燒焦的痕跡，手上也有燙傷。

伊波雖然看起來狼狽不堪，但仍然笑著環視有禮他們。

「已經結束了。我們消滅了隱身所，也成功把黃泉神封印在幽冥的地底深處。作戰結束，結、束、了。」

「太、太、太好了！」

安川向天空高舉起拳頭大聲叫喊。

「巫覡隊勝利！」

「Q、Q、Q！」

皮可跑向Q。

「Q！我們來擊掌！」

皮可叫著高高舉起了手，Q也舉起手掌迎上前去。

「有禮、有禮，擊掌！」

皮可也和有禮擊掌，他已經恢復了原來的樣子。

「浩克、浩克！」

有禮看著皮可跑去和每一個人擊掌，問站在身旁的伊波：

「你有沒有發現？石柱的數量加上七尊巫覡剛好是五十六。」

「奧布里坑。」

伊波不加思索的回答後露齒而笑。

「你是不是想說這和巨石陣的坑洞數量相同？」

「這不是巧合嗎？」有禮追問。

伊波聳了聳肩說：

「不知道。英國的巨石陣至今仍然神祕難解，不知道是誰在什麼時候為了什麼目的而建造，但是……」

伊波故弄玄虛的停頓了一下，接著繼續說下去：

「巫覡界都認為，那是封印黃泉神的送神遺跡。不光是巨石陣，還包括了世界各地發現的巨石或環狀列石遺跡。我爺爺告訴我，以前黃泉神比現在更頻繁的來干擾這個世界，人類具備了送神的機制，世界各地都保留了當時的遺跡，只是並不知道留下的設備中，那些石頭的排列和打穿的孔洞到底有什麼意義。那時候的人類比現在更深入理解神的原語，只是並沒有流傳下來。」

有禮思考著伊波所說的話，開口嘀咕道：

「原來銅鏡、銅鐸、環狀列石，都是封印黃泉神體制的一部分……」

「啊，對了，」伊波像是突然想起什麼事情似的看著Q，「是你把那面銅鏡放在夏至陽光的路徑上嗎？是皮可叫你這麼做的嗎？」

「啊？什麼？夏至陽光的路徑？」

正在和皮可二次擊掌的Q一臉驚訝的看著伊波，皮可也滿臉錯愕。有禮補充說：

「夏至陽光的路徑就是出現破綻的路徑吧？夏至的日出從正東偏北大約三十度的地平線升起，就是那個陽光的路徑對吧？」

「對啊。」

伊波點了點頭，繼續說下去：

「你知道夏至的陽光會貫穿隱身所內那個石柱圈的正中央嗎？」

「咦？」

有禮和Q同時瞪大了眼睛，伊波很受不了的嘆了一口氣。

「喔，原來是這麼一回事……」有禮忍不住脫口而出，「巨石陣在建造時，會讓圓形的中心和夏至陽光的路徑重疊。那個圓圈……隱身所內的石柱圈也是這樣嗎？事先設定了夏至早晨升起的陽光會貫穿石柱圈的中心。」

「沒錯。」伊波點了點頭說：「天神讓我們把那面銅鏡，放在陽光照射的路徑上。有禮，你之前說過那面鏡子好像同時存在於現實世界和隱身所，我猜那應該是名為『邊津沖津鏡』的傳說中的鏡子。我以前曾聽爺爺提過，沒想到那面鏡子竟然真的存在，我真是太驚訝了！只要把邊津沖津鏡放在地上，就會同時出現在現實世界和隱身所，也就是同時存在於兩個世界。『邊津沖津』就是這裡和那裡的意思，所以當Q把銅鏡放在石柱底部時，現實世界的操場上應該也出現了相同的銅鏡。」

有禮興奮的搶著說：

「所以鏡子才會發光，對不對？因為現實世界的太陽升起，陽光照在操場的鏡面上，所以隱身所內的鏡子也發出了光芒。那面銅鏡反射了夏至日出的陽光，所以才會發亮，鏡子把夏至的陽光帶進了隱身所！」

「就是這樣。」

伊波點了點頭，再度說道：

「好像只要陽光進入隱身所內，就可以連結陽光的路徑。我們每次逃離隱身所時，不是都會在光的路徑上鑿洞嗎？把那些洞連結起來，就能讓大量的光進入黃泉繭。銅鏡發出的光成為誘因，或者應該說是鏡子發亮後，形成了光的路徑，於是鏡子的光芒更加耀眼，夏至早上的陽光也順利在隱身所內擴散。」

「所以自始至終都是事先計劃好的嗎？」有禮小聲嘀咕，「一開始就將送神的時機和夏至的日出設定在相同的時間嗎？」

「是啊。」伊波點頭後繼續說：「天神的計畫很完美，讓夏至日出的路徑通過天扉的中心，我們再把邊津沖津鏡放在陽光的路徑上，然後等待時機送神。」

「但是有一件事很奇怪啊……」

Q小聲的說。

「哪件事？」

伊波皺著眉頭問。Q在思考的同時開了口。

「並不是皮可叫我把那面鏡子放在右側柱子的下方……」

也許是對伊波的長篇大論感到無聊，皮可開始跑去和春來追著玩。

「那是誰說的？」有禮開口詢問，沒想到Q的回答出乎意料。

「我姊姊。」

「咦？」

有禮大吃一驚，和伊波交換了一下眼神。

「這是怎麼回事？為什麼你姊姊會說這種話？她是什麼時候跟你說的？」

有禮追問，Q看著他的眼神也難掩困惑。

「我晚上出門的時候，把鏡子放進背包裡，姊姊特地對我說：『你要把那面鏡子放在你右側的柱子下，鏡子表面朝上放在那裡。』我雖然聽不懂，但因為她說了好幾次，所以我就回答：『知道了。』當我走去石柱間的位置時，想起了這句話，就按照姊姊的指示放在那裡。」

「怎麼會這樣？這是怎麼回事？」

有禮難以理解的偏著頭，伊波則像是在看什麼新奇事物似的瞇起了眼睛，目不轉睛的盯著Q的臉。

不一會兒，伊波說了一句「原來是這樣」。

「怎樣？」

有禮看了看Q，又看了看伊波，再度詢問。

伊波放鬆嘴角，似乎覺得很有趣。

「我猜Q的姊姊以前也是巫覡，她應該跟皮可一樣，是可以看到畫面的巫覡。」

「你說什麼？」

Q大叫一聲，在操場上玩鬼抓人遊戲的皮可、光流、春來和安川都看了過來。

Q連忙壓低聲音，對伊波拚命搖頭。

「不可能、不可能、不可能、不可能，絕對不可能，因為我姊姊從來沒有向我提過這種事。」

伊波氣定神閒，用勸導的口吻對Q說：

「有些巫覡從頭到尾都沒有收到過召集令，你姊姊應該是沒有機會將自己的能力運用在實戰上，所以才沒意識到自己是巫覡。你姊姊幾歲？」

「二十一。」

Q小聲回答，伊波點了點頭說：

「她已經過了能力的顛峰時期，以後應該也不會被捲入送神這件事，但有時候會像這次一樣，因為陰錯陽差看到某些畫面。尤其是關乎自己的親人或是關係密切的人，他們的敏銳度就會變得很高。不是有『第六感』這種說法嗎？指的就是這個情況。」

「真是難以相信，」Q一臉悵然，「我姊姊竟然曾經是巫覡……我們姊弟兩人竟然都有巫覡的體質，怎麼會這樣？」

安川躲過皮可的追擊朝有禮他們跑來，彎下身體喘著粗氣說：

「啊，肚子好餓！」

「喔，太好了！」

Q突然精神抖擻的把手伸進背包裡，對安川說：

「要不要吃點心？」

伊波吃著Q分給大家的美味棒說：

「我們回家吧，大家第一節課別遲到了。」

夏至的陽光照亮了新城的街道，栗栖之丘學園的校舍靜靜佇立在陽光中，好像什麼事都沒有發生。有禮抬頭看著空蕩蕩的校舍窗戶，用力做了個深呼吸。

校舍的上方，可以看見白雲正在緩緩流動。

＊＊＊

有禮他們分別從操場北側和南側的門走出學校。

13
答案

皮可、安川和伊波從南側的正門離開，伊波說要送皮可回家。

其他四人走向北門時，春來回頭看著靜靜沐浴在朝陽下的操場，感慨的說：

「一切都結束了，感覺有點空虛。」

「什麼？」

有禮和光流同時反問。

「咦？」Q也偏著頭說：「怎麼回事，你覺得還不夠嗎？還想遇到這種事嗎？」

春來有點生氣的看著語帶責備的Q，然後搖了搖頭。

「怎麼可能？但是，你們不覺得每天的生活都很緊張刺激嗎？我只是在想，以後應該再也不會有這種經驗了。」

她一定是對可以使用鑾力樂在其中。有禮這麼想著，默默和Q互看了一眼。走在有禮身旁的光流也開口說：

「是啊……」

光流沒有看目瞪口呆的有禮和Q，笑著對春來說：

「確實很刺激沒錯，而且也有點開心……」

「什麼啊？」Q瞪大眼睛看著光流，有禮也呆若木雞的看著她。之前光流整天都在抱怨「受夠了！」沒想到現在居然說出這種話。

最後，Q感慨的說：

「女生果然很難懂。」

有禮、Q、光流和春來走出北門後相互道別。

「辛苦了！那就學校再見了。」

春來沿著學校旁的道路逐漸走遠，還興奮的朝相反方向的有禮和Q揮手道別。

「一會兒見！」

銀色的長笛在光流揮動的手上閃閃發亮，有禮和Q在向她們揮手道別後，走向通往西町的道路。

「你怎麼會想到天音是π？」

Q突然問他。

「因為我想起你之前說用數字代替字母來記英文單字。」

有禮回答後繼續補充。

「在天神的指示中，我唱誦的和光流吹奏的不都是天音嗎？當我想到這兩個天音會不會是同一個時，就想到可以用數字替換光流吹奏的旋律，就像你用數字代替英文字母一樣。Mi、Do、Fa、Do、So就是31415……那不就是π的數值嗎？」

「這樣啊……」

Q興味盎然的點了點頭，停頓一下之後又開始邊走邊說。

「剛才聽伊波說夏至日出的陽光路徑，我想到一件事，也許天神從一開始就給了我們關於這場作戰的提示。」

「什麼？那是什麼意思？」

刺眼的陽光讓有禮瞇起眼睛，看向高大的Q。Q在陽光中說：

「破綻不是都出現在陽光的路徑上嗎？所以才能夠在防災地圖上把破綻出現的位置用直線連結起來，而這條直線就指向天扉。」

「你是說，連結破綻的直線指出了天扉的位置嗎？」

「嗯。」Q點了點頭繼續說。

「這是其中一點。另外還有一個重點，你記得破綻中的破綻嗎？」

有禮當然記得。

第一個破綻中的破綻是六階魔方陣中多了一個「3」的木板；第二個則是不屬於交連數的「14159」；第三個是瓦斯表上顯示了不是幻數的「26」；最後一個是不屬於完全數的營地編號「53589」。

Q對正在回想破綻中的破綻的有禮說：

「你把那些數字連起來看看。」

「……？」

有禮微微偏著頭，但四組數字立刻在他腦海中連結了起來。

「啊……」

有禮為浮現在腦海中的數字瞪大了眼睛。

3141592653589。

「是π！」

只要根據破綻中的破綻，就可以導出π。

連結破綻出現地點的直線筆直的指向天扉，而開啟破綻逃生口的數字又可以導出π，原來發現破綻就是掌握天神作戰的線索。

「尋找破綻。」

有禮想起了天神的指令。

那是多麼明確的啟示，又是多麼簡單的提示。

無論是天扉的地點，還是打開天扉的鑰匙，全都已經顯示在破綻中。光的路徑把七尊巫覡引導到送神的舞臺，終於發現這件事的有禮，忍不住抬頭看向天空。

明亮的太陽出現在栗栖台新城東方的天空，夏至早晨充滿力量的陽光為這個新的城鎮染上一片金色。有禮和Q默默注視著眼前燦爛的街道。

Q突然幽幽的說：

「你知道嗎？超新星爆炸的聲音就是Do、Re、Mi、Fa的Fa這個音，當新星爆炸時，宇宙會響起Fa的音……不過這是我從漫畫看來的。」

有禮並沒有把「我當然知道」這句話說出口，而是問了Q一個問題。

「你知道嗎？哺乳類在剛出生時的哭聲都是La的音，無論是人類還是牛、狗，出生時發出的第一個音全都是La。」

「是喔……」

Q被陽光刺得瞇起眼睛，注視著有禮。

「太厲害了，死去的星星和出生的嬰兒在合唱，這兩個音在宇宙中交織在一起，現在一定也是——」

Q難得說出充滿詩意的話，有禮看著他，突然覺得很好笑，忍不住笑了起來。

「怎麼了？」

Q看著笑個不停的有禮。

「不，沒事，只是覺得很不像你。」

有禮笑著仰望天空。

「搞不好會下雨？」

「什麼意思嘛！你是說我談論宇宙的奧祕就會下雨嗎？」

Q咕噥著。

天空很晴朗，梅雨的雨雲不知道躲到哪裡去了。

夏天已經來臨。

耀眼的太陽升起，照亮了這個燦爛的城市。
要記住這一刻，要永遠記住這一刻。
有禮這麼想著，再度用力深呼吸。
在透明的藍色大氣層遠方，似乎傳來了宇宙的合唱。

（天地方程式全系列完）

＊引用出處：次田真幸《古事記（上）全譯注》（講談社學術文庫）

數學彩蛋

文／賴以威

（國立臺灣師範大學電機系副教授・數感實驗室共同創辦人）

「6這個數字本身就是完美的，並非因為上帝造物用了六天；事實上，恰恰因為6是完美的，所以上帝在六天之內把一切事物都造好了。」

這句話是出自於名著《上帝之城》，不知道作者是不是也熟知因數分解呢？

在這集故事中，el地木樁依序出現了完美數6、28、496、8128。正確來說，下一個完美數不是同樣出現在el地木樁上的53589，而是一口氣跳到了八位數33550336，差異很大，對Q來說應該是小事一樁，一瞬間就可以發現不對勁。

有趣的是，過去曾有一群數學家很喜歡完美數，他們特地選了前兩組完美數6與28，分別代表月與日，將6月28日制定為「完美日」，建議大家在那天做一些特殊的慶祝活動，包括：

1. 吃一份甜點芭菲（parfait，或譯做百匯）。parfait是法語「完美」的意思。

2. 去球場支持你的球隊，祈禱投手發威拿下一場完全比賽（perfect game）。

3. 拿出英文課本複習完成式（perfect tense）。

現在我們找到了另一種慶祝方式，就是在6月28日拿出《天地方程式》來溫習！

完全數

記得第一集主角他們被送到隱身所時，停車場內有好幾輛車的車牌，上面寫著「交連數」嗎？當時的車牌號碼分別是：

12496、14288、15472、14536、14264

12496 扣掉自己的所有因數總和是：

1+2+ 4+ 8+ 11+ 16+ 22+ 44+ 71+ 88+ 142+ 176+ 284+ 568+ 781+ 1136+ 1562+ 3124+ 6248=14288

14288 扣掉自己的因數總和是：

1+2+ 4+8+ 16+ 19+ 38+ 47+ 76+ 94+ 152+ 188+ 304+ 376+ 752+ 893+ 1786+ 3572+ 7144=15472

交連數是扣掉自己後的因數總和，會跑到下一個數，最後一個數字 14264 又會繞回第一個數字 12496。

如果說交連數是一群好朋友，那這集出現的完全數，就是自己一個人搞定。6 的因數是 1、2、3，1+2+3=6。加起來剛好等於自己，多麼完美的狀況，因此完全數的英文 perfect number 也有直接翻譯成「完美數」的說法。

德曼證明了圓周率的某種特性，間接關門了化圓為方這個問題，證明它不可能被解出來。只是證明歸證明，依然有很多人熱衷於挑戰這個難題，甚至有人為了解題，給了圓周率一個新的數值 19/6。也難怪數學家迪摩根對此很感嘆的說：

「化圓為方很容易，要說服數學家就難了。」

化圓為方

「給定一個圓，利用尺規做圖，做出一個面積跟圓一樣大的正方形。」

從古到今，這問題吸引了許多人前仆後繼，希臘人甚至發明了一個專有名詞「化圓為方者」，來描述這些努力想破解這個問題的人們。

化圓為方迷人之處在於，題目很容易理解，感覺好像也有機會做出來，可偏偏一直以來都沒人成功。歷史上不乏名人來挑戰化圓為方，包括英國哲學大師、《利維坦》作者霍布斯都曾經挑戰過，不過，結果當然都是失敗了。

化圓為方甚至有名到連但丁都把它作為經典名著《神曲》的結尾：

「幾何學家嘗試化圓為方，卻又徒勞無功時，便會懷疑它是否仍未掌握某些原理。我剛看到這幅景象時，也有類似的想法。」——《神曲．天堂篇》第 33 首

由於每隔一陣子，就會有人宣稱他們破解了化圓為方，因此在 1775 年，法國科學學會做出決議：不再審核任何化圓為方的研究。

同時被列為拒絕往來戶的題目還有永動機。不過直到現在都有人在做永動機，就不難理解門檻更低的化圓為方會那麼受歡迎。也如同故事中所說的，1882 年，數學家林

少年天下系列 074

天地方程式3：封印黃泉神

作者｜富安陽子
繪者｜五十嵐大介
譯者｜王蘊潔

責任編輯｜李幼婷
特約編輯｜葉依慈
封面設計｜蕭旭芳
內頁排版｜極翔企業有限公司
行銷企劃｜葉怡伶

天下雜誌群創辦人｜殷允芃
董事長兼執行長｜何琦瑜
媒體暨產品事業群
總經理｜游玉雪
副總經理｜林彥傑
總編輯｜林欣靜　行銷總監｜林育菁
主編｜李幼婷　版權主任｜何晨瑋、黃微真

出版者｜親子天下股份有限公司
地址｜台北市104建國北路一段96號4樓
電話｜（02）2509-2800　傳真｜（02）2509-2462
網址｜www.parenting.com.tw
讀者服務專線｜（02）2662-0332　週一～週五：09:00~17:30
傳真｜（02）2662-6048　客服信箱｜parenting@cw.com.tw
法律顧問｜台英國際商務法律事務所・羅明通律師
製版印刷｜中原造像股份有限公司
總經銷｜大和圖書有限公司　電話：（02）8990-2588

出版日期｜2021年11月第一版第一次印行
2024年 1 月第一版第五次印行
定價｜380元
書號｜BKKNF067P
ISBN｜978-626-305-105-8

訂購服務
親子天下 Shopping｜shopping.parenting.com.tw
海外・大量訂購｜parenting@cw.com.tw
書香花園｜台北市建國北路二段6巷11號　電話（02）2506-1635
劃撥帳號｜50331356　親子天下股份有限公司

立即購買 >

國家圖書館出版品預行編目資料

天地方程式. 3, 封印黃泉神/富安陽子文；王蘊潔譯. -- 第一版. -- 臺北市：親子天下股份有限公司, 2021.11
304面；14.8X21公分. -- (少年天下系列；74)
譯自：天と地の方程式. 3
ISBN 978-626-305-105-8(平裝)

861.596　　110016901